AF599886

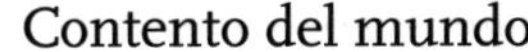

Contento del mundo

viento abierto / 10

José Sánchez Pedrosa

Contento del mundo

Prólogo de Jesús G. Maestro

1ª edición, septiembre 2008
2ª edición, noviembre 2008
3ª edición, enero 2026

EDICIONES DEL VIENTO S.L.
C/ Alfredo Vicenti, nº 32-9º / 15004 A Coruña
www.edicionesdelviento.es
Diseño y maquetación: Inés de la Peña

IBIC: FA
ISBN: 978-84–18227-70-7
Depósito legal: C 1-2026
Impreso por: Tecnica Digital Press
Impreso en España / *Printed in Spain*

El papel utilizado para la impresión de este libro, fabricado a partir de madera procedente de bosques y plantaciones sostenibles, es cien por cien libre de cloro y está calificado como papel reciclable

Se me preguntardes se sou feliz,
responder-vos-ei que o nâo sou.
Fernando Pessoa, Livro do desassossego

Índice

José Sánchez Pedrosa: la locura como protagonista de la literatura del siglo XXI*

José Sánchez Pedrosa es un vigués universal. A mi juicio, es padre genuino de una forma de escribir literatura específica del siglo XXI: narrar la locura de un modo inédito en relatos absolutamente originales. Pedrosa nació en Vigo en 1969 y, desafortunadamente, falleció a una muy temprana edad, en esta misma ciudad, el 10 de enero de 2021. Joven y genial, Pedrosa fue profesor de literatura en España y Francia, y dejó tanto en Galicia como en Niza un importante magisterio, que está presente en varios de quienes fueron sus alumnos.

Parte de su obra permanece aún inédita, y de los herederos depende que se pueda publicar. En todo caso, cumplidos setenta años de su fallecimiento, tales materiales serán de dominio público. La literatura sabe esperar. Los sabios, también. Y quienes nos sucedan en el ejercicio de la interpretación de su obra literaria tendrán ocasión de hacer valer la originalidad de este narrador tan prematuramente fallecido.

---

*. Este prólogo es una versión actualizada de un artículo homónimo publicado en el diario *Faro de Vigo* el 4 de marzo de 2025.

A José Sánchez Pedrosa he dedicado varios vídeos en mi canal de YouTube y también varias clases en la Universidad de Vigo. He podido observar el enorme interés que sus breves relatos despertaron tanto en los alumnos que presencialmente asistieron a mis clases universitarias como en los oyentes que, sobre todo en Hispanoamérica, han conocido a través de mis conferencias en internet la obra de este escritor.

Lo mismo he de decir de quienes, en Francia, recibieron su magisterio durante varios años, y ahora se han encontrado de nuevo en mis clases con su antiguo profesor, convertido hoy en narrador de relatos verdaderamente delatores de formas de vida clave en nuestro mundo actual.

Pero, ¿qué tiene José Sánchez Pedrosa que no tienen otros escritores? Pues tiene y revela una capacidad insólita y precisa para retratar las formas de la locura en la literatura y en la sociedad del siglo XXI.

No fue Cervantes el primer autor en dar vida original a los locos en la literatura. La tradición viene ya de los griegos, y del nacimiento mismo de la creación literaria, con los personajes homéricos. Los locos hacen y dicen cosas que los cuerdos no se atreven a declarar ni bajo secreto de confesión.

Sin embargo, a diferencia de las enfermedades mentales con las que se encuentran los psiquiatras en su consulta, la locura en la literatura cambia cuando cambian los tiempos. Y, sobre todo, cuando cambian las formas de pensar y razonar. La locura puede ser una forma de perder la cordura, pero no de perder la razón. Los locos razonan, pero de forma incompatible con la realidad.

Y esto es así porque la locura, en el arte, es una forma patológica de razonar, cuyas explicaciones no están en la psiquiatría, sino en la propia literatura. Pedrosa no era médico, ni psicólogo. Pedrosa era narrador de cuentos y relatos breves, cuyos personajes son una síntesis de psicopatías provocadas por un mundo como el nuestro: una sociedad que, como la del siglo XXI, dispone de muy pocas salidas y, casi todas ellas, por una única puerta: la de las enfermedades mentales.

No hay que confundir locura en literatura con psicosis, neurosis y trastornos de personalidad en la vida real. Cuando algo entra en la literatura se transforma en otra cosa sin dejar de ser, enteramente, lo que era. Con Galdós la historia entra en la literatura para dejar de ser historia, y convertirse en ficción. Con Luis Martín Santos en *Tiempo de silencio*, y con toda la novela naturalista decimonónica, la medicina entra en la literatura, para dejar de ser medicina, porque se satura de ficción. La ciencia también quiere ser protagonista de la literatura, y se convierte en la llamada y reconocida *ciencia-ficción*. Y cuando las utopías penetran en la literatura, dejan de ser utopías para convertirse en malas novelas. De hecho, las utopías son novelas frustradas escritas en tiempos de crisis.

Los cuentos de José Sánchez Pedrosa son un catálogo de locos, enfermos mentales y personas extremadamente trastornadas. Su libro de relatos breves, titulado *Contento del mundo*, contiene, con ironía muy personal, cuarenta y cuatro narraciones extraordinarias. Publicado en 2008, es cada día más actual. El lector tiene en sus manos una nueva edición de esta obra genial. Un psiquiatra no se cansaría de leerla. Un psicólogo encontrará en esta literatura más patologías que en su propia consulta.

La locura es una estrategia literaria, y vital, que ninguna prevención puede detener. No es una forma superior de racionalismo, como pensaban los románticos. Ni mucho menos. La locura, en el arte, es muy seductora y atractiva. En la realidad, conduce con frecuencia al homicidio y al suicidio. En la realidad, la locura carece de la gracia y aliciente que el arte y la literatura le proporcionan. El arte exige siempre que se cumplan sus propias ficciones e ilusiones.

La literatura es una forma preventiva de enfrentarse a la realidad. Conocer la literatura es también una forma de prevenirse respecto a determinadas enfermedades mentales. No es broma. La cantidad de personas que nos rodean y que viven, cada día más crudamente, aquejadas de problemas psíquicos es extraordinaria. Los trastornos de personalidad se desarrollan exponencialmente. Mientras los índices de esquizofrenia se mantienen estables, los problemas que desembocan en trastornos narcisista, esquizotípico, paranoide, esquizoide, antisocial, histriónico, dependiente, evitativo, límite y obsesivo-compulsivo se desbocan. Nuestra sociedad es una fábrica de psicópatas. Un manicomio de puertas abiertas.

Todas estas patologías encuentran en la literatura una explicación, un desenlace y un resultado único y específico. En la lectura de los cuentos de Pedrosa se constatan muchas certezas. Entre ellas, una fundamental: el siglo XXI pasará a la historia por haber sido el siglo de las enfermedades mentales. Es la herencia de la Ilustración anglosajona. La psicosis del siglo XXI es resultado de esa Ilustración idealizada y cruel fabricada en la antigua Prusia. Esto lo digo yo, no lo dice Pedrosa. Él solamente lo ilustra y literaturiza. Como nadie antes que él lo ha hecho jamás en la literatura.

Siento muchísimo no haber conocido personalmente a este genio del relato breve. Sea para siempre mi amigo póstumo.

Jesús G. Maestro
Universidad de Vigo. Catedrático de Teoría de la Literatura y Literatura Comparada

Contento del mundo

Reyes Magos

Unos cinco mil niños están concentrados en la explanada del Club Náutico de Vigo a la espera de los Reyes Magos que este año, por primera vez en la historia de la ciudad, llegarán en globo.

El maestro de ceremonias anuncia por los altavoces que le comunican que los reyes han sido vistos ya desde las playas de Aldán, Hío y Beluso. Por lo tanto, en pocos minutos aparecerá en el horizonte, sobrevolando los montes de la península del Morrazo, el globo pilotado por Melchor.

Un rugido de satisfacción y nerviosismo recorre la masa de críos que, inquietos y ansiosos, miran hacia todos lados y desean ser izados a hombros de sus padres.

Cuando por encima del monte Hermelo se ve avanzar hacia la ciudad un lejano objeto volante, la masa estalla en aplausos. De rato en rato, para animar la espera, el maestro de ceremonias grita: «Vivan los reyes magos»; y los niños contestan al unísono: «¡Vivan!».

Ya el globo aerostático es perfectamente discernible. Con unos prismáticos incluso se pueden observar las largas barbas, las coronas y los mantos de los reyes. En la cesta, traen cajas envueltas en papel de regalo.

Sin embargo, algo va mal a mitad de la ría. El Globo empieza a perder altura rápidamente y entre los niños se escuchan gritos desesperados de aviso. Finalmente, el globo cae al mar y los tres reyes magos tienen que subirse a la cesta semihundida para no ahogarse en el agua fría de enero. Los niños lloran.

Una motora sale apresuradamente del puerto y acude al rescate de los tres reyes magos. Están empapados. Cuando los dejan a salvo en el muelle, se presentan ante los niños como unos náufragos. Han perdido las barbas postizas y los falsos mantos de armiño. Las coronas han quedado en el mar y a Baltasar se le ha desteñido el tizne negro de la cara.

Baltasar es descubierto por los niños de las primeras filas, que reconocen en él al delantero centro del Real Club Celta de Vigo. A su lado, Melchor, sin barbas ni peluca, es ahora un famoso actor de la Televisión Gallega y Gaspar —desconocido para los niños, pero igualmente sospechoso—, se convierte en el concejal de cultura del Ayuntamiento.

Los niños están desorientados y rabiosos. Un mocoso del barrio de Lavadores se acerca al futbolista desteñido y cuando este va a acariciarle el pelo, le pega un puñetazo en los testículos. Baltasar cae fulminado al suelo. Los demás niños, en medio de gritos que la prensa calificará al día siguiente de primitivos, se van acercando y les dan patadas y puñetazos a los reyes. Los padres, paralizados, no reaccionan y los niños siguen escupiéndoles y pegándoles hasta la consumación del linchamiento.

Partículas muy pequeñas

Por sus conocimientos de alemán, a Ramiro Lema, profesor ayudante de la Facultad de Física de la Universidad de Santiago de Compostela, el director del Departamento de Física de Partículas le encomendó la labor de hacer de cicerone de los profesores Jurgen Wohlgeschaffen, de la Friedrich Schiller Universität de Jena, y Stefan Benndorf, de la Humboldt Universität de Berlin. Los dos anuncian ponencias importantes al *II Congreso Internacional Sobre Partículas Muy Pequeñas,* que se celebra en la ciudad durante toda la semana.

Ramiro Lema no ha presentado comunicación alguna al II Congreso. El comité de selección decidió no admitir su proyecto y se lo comunicó por carta, a pesar de que los miembros de dicho comité eran todos compañeros de su Departamento.

Ramiro Lema ha seguido atentamente la conferencia que el profesor Benndorf acaba de pronunciar. A Ramiro Lema le cuesta realmente entender el contenido de la ponencia. Intuye que es algo importante, pero no es capaz de darle todo el alcance que sin duda poseen las investigaciones del catedrático berlinés. Ayer, con Jurgen Wohlgeschaffen le ha pasado lo mismo. Ramiro Lema concluye que ni su formación básica ni su especialización han sido de gran calidad.

Por la tarde, Ramiro Lema pasa a recoger al *Professor* Benndorf y al *Professor* Wohlgeschaffen. Han quedado en que les acompañaría a visitar la ciudad monumental. Van andando desde el Colegio Mayor Rodríguez Cadarso hasta el centro. Ramiro Lema les enseña los robles bicentenarios de la Alameda, que son muy alabados por los dos sabios. Les conduce después por la Senra, la Plaza del Toral y la Rúa Nueva. A los profesores, las viejas calles de Santiago les entusiasman. Entran en Platerías y acceden a la Quintana. Allí toman un café y hablan sobre física. Después, Ramiro Lema los lleva hasta la plaza de Cervantes y vuelve a bajar hacia la catedral por la Azabachería. En la plaza del Obradoiro se pasan un buen rato admirando la fachada barroca de la catedral. Luego, suben las escaleras y entran.

Ramiro Lema les explica a los dos profesores alemanes el Pórtico de la Gloria. En el tímpano, les dice mientras ellos contemplan las imágenes extasiados, se representa el juicio final según el Apocalipsis de San Juan. Cristo preside la escena, acompañado de ángeles que portan los instrumentos de la pasión. Rodeando el conjunto, los 24 ancianos del Apocalipsis, que tocan instrumentos musicales. El enorme peso del tímpano, afirma, es soportado por el parteluz, que en su parte superior sujeta una gran estatua del Apóstol Santiago y en la inferior, el árbol de Jesé. Esta mano, dice Ramiro Lema a los alemanes, es la huella que han dejado en el parteluz miles y miles de peregrinos que, durante siglos, se han apoyado aquí.

La explicación prosigue por la cara posterior del parteluz. Esta imagen arrodillada, les explica Ramiro Lema a los profesores alemanes, es el autorretrato del Maestro Mateo, que se representó a sí mismo en reverente postración ante el altar. Para nosotros, afirma Ramiro Lema, el Maestro

Mateo es símbolo de sabiduría y la leyenda popular dice que, para que se transmita su inteligencia, los estudiantes deben dar un golpe con su cabeza en la del maestro.

—Así —dice.

Ramiro Lema se echa entonces un paso atrás, coge vuelo y con toda su fuerza se golpea la cabeza contra la estatua de granito. Del golpe, se abre una brecha en la frente y rompe la C1, con lo que queda muerto en el acto, sangrando a borbotones ante la estupefacción de los dos profesores alemanes.

Docencia

José María Caramés es un buen profesor. Explica con rigor, método y claridad, lo que, sin duda, aprovechan sus alumnos. Les explica que la vida es absurda, totalmente inmotivada, fruto de un capricho biológico originado por el azar. Frente a la marcha del Cosmos, dice, cualquier hecho humano es irrelevante. La muerte, por ejemplo, no va más allá de ser un fenómeno de descomposición de materia orgánica. A nadie, sostiene, se le ocurre pensar que, tras su fallecimiento, a una babosa o a un sapo va a sobrevenirle cualquier clase de vida ultraterrena.

Metafísicamente hablando, el hombre no es superior al sapo.

Pero mientras el sapo no posee capacidad cognitiva suficiente para ir más allá de su estar ahí, el hombre anticipa mentalmente su muerte. Por eso, les explica José María Caramés a sus alumnos, surge el mito. Cuando el hombre ignora las causas, consecuencias y funcionamiento de un hecho, inventa una explicación mitológica. La religión no es más que un lastimoso mito que intenta dar esperanzas al desnudo hecho del acabamiento.

Dado que el hombre ha olvidado la capacidad de estar sobre la Tierra con la indiferencia metafísica del animal, el hecho de anticipar mentalmente su propia muerte le produce dolor. Cuando el dolor es insoportable, al hombre le queda la salida del suicidio.

Aquí José María Caramés aboga ante sus alumnos por la muerte por congelación o por la más clásica de cortarse las venas en el interior de una bañera con agua caliente.

Frente a la marcha del Cosmos, prosigue, el suicidio es un acto banal. Da lo mismo que uno se suicide o no: no va a cambiar nada, salvo el sufrimiento del suicida, que desaparecerá. El suicidio es, pues, una terapia. La única que verdaderamente le ha sido concedida al hombre. Usar de ella o no, tampoco tiene la menor repercusión moral: es voluntaria, inane e intrascendente.

José María Caramés insiste ante sus alumnos sobre la consideración de que el hombre es un ser abyecto. Los principios que lo mueven son el egoísmo y el orgullo. Lo peor que uno puede hacer, según el profesor Caramés, es relacionarse con otros hombres. La masa se forma a partir de tres individuos, afirma. Y la masa es el enemigo del hombre. La soledad, suele concluir, es el estado que le conviene al ser humano. Una soledad dedicada al estudio, para que la cultura nos proteja de nosotros mismos. Sin el estudio solitario, avisa siempre a sus alumnos José María Caramés, el hombre se convierte en masa y su intrínseca y natural abyección se dispara a cotas intolerables.

A mitad de año, José María Caramés fue denunciado por la Asociación de Padres de Alumnos de Bueu, Pontevedra, ante el director del Centro donde trabaja. Éste, comprobada la veracidad de las acusaciones, trasladó la denuncia al Delegado provincial de Educación. A José María Caramés se le incoó un expediente disciplinario, cuya resolución le apartó de por vida de la carrera docente. Hoy, los asistentes al curso de cuarto de primaria de

Bueu, Pontevedra, son instruidos por un nuevo profesor que se atiene de manera literal al programa prescrito por el Ministerio de Educación para los alumnos de nueve años de edad.

Llagas

El suegro de Julio Chorén, magistrado de la sala primera de lo penal de la Audiencia Provincial de Pontevedra, comenzó a agonizar el 4 de octubre de 2004. Estaba viudo y a cargo de su única hija desde hacía diez años. Desde esa fecha, hasta el 17 de abril del año siguiente en que murió, sufrió un proceso terminal que todos sus conocidos calificaron de lastimoso.

Sin la vitalidad suficiente como para levantarse de la cama, pero con fuerzas todavía para alentar, su vida tardó seis meses en desaparecer, sin que tuviera otra enfermedad que la vejez.

De permanecer encamado, su cuerpo empezó a llagarse. En la espalda, las piernas y los glúteos le aparecieron llagas purulentas, malolientes y muy dolorosas. A pesar de que su hija le daba la vuelta cada tres horas, lo único que consiguió fue que también se le llagase el abdomen, los muslos y ambas caderas. Los quejidos eran continuos y la casa entera olía a sangre coagulada.

A partir del primer mes, tuvieron que colgarlo durante siete u ocho horas al día de una percha que instalaron en el techo de la habitación. Sujetaban al anciano con un arnés y enganchaban éste a la percha, de modo que el cuerpo quedase suspendido a unos centímetros del suelo. Llevaba un mandilón semiabierto por atrás, así que, como el arnés tendía a girar, con las oscilaciones se contemplaba a intervalos regulares el dorso putrefacto del viejo. La hija, respetando sus últimas voluntades, quería que su padre muriese en casa. Obedeciendo también a sus convicciones morales, no permitió ningún tipo de sobredosis que le aliviara el calvario.

El 17 de abril de 2005, el suegro de Julio Chorén murió. Ese mismo día, su mujer perdió el habla. El psiquiatra le diagnosticó una afasia postraumática acompañada de un cuadro depresivo. El magistrado llegaba de su trabajo y se la encontraba mirando la ría por el ventanal del salón. Ni siquiera contestaba al saludo de su marido girando la cabeza. No se sentaba a la mesa para comer y tampoco se acostaba para dormir. Sólo se aseaba cuando se la obligaba.

A los cuatro meses de soportar esta situación, Julio Chorén informó a su mujer de que tenía que ir a Madrid durante una semana para un cursillo de formación. Para su cuidado, había contratado desde el comienzo una asistenta ecuatoriana.

Tal y como habían quedado, en el aeropuerto de Vigo se encontró con una de las oficiales de justicia de su juzgado. Estaba separada y, más o menos, rondaba como él los cincuenta. Al llegar a Madrid, dejaron las maletas en la habitación y se fueron a pasear. Después, al teatro y por último, cenaron en un restaurante caro.

Regresaron al hotel y ella le pidió que apagara la luz. A su edad, dijo, era mejor no ver lo fláccidas que se les habían puesto las carnes. Julio Chorén obedeció. Apagó la luz. Cuando, al cabo de un rato, empezó a moverse encima de ella no pudo evitar que la imagen de su suegro colgado de la percha acudiera a su imaginación. El olor de las llagas abiertas del padre de su mujer le llegó a su pituitaria como si realmente procediera de aquel cuerpo que estaba penetrando.

A la oficial de justicia de su juzgado le dijo que los vómitos seguramente se debían a algún producto de la cena en mal estado.

Monos

Aurora Requejo, profesora titular del departamento de traumatología de la Facultad de Medicina de la Universidad de Santiago de Compostela, presenta ante la prensa, en compañía del decano y del representante de la Fundación Provida, el nuevo proyecto de investigación que ella misma va a dirigir durante los próximos dos años. Se trata, según dice, de una experiencia pionera que intentará aportar soluciones concretas en el campo de los biomateriales como herramienta terapéutica en el tratamiento de lesiones medulares. El ambicioso proyecto, el de mayor entidad llevado a cabo por el departamento desde su creación, dice, se ha puesto en marcha gracias a la subvención que la Fundación Provida ha aportado y que pone de relieve su compromiso con la Investigación, el Desarrollo y la Obra Social. Sólo gracias al dinero aportado por la entidad, prosigue, ha sido posible preparar las instalaciones y comprar 18 chimpancés que serán los sujetos pacientes de la investigación. Los chimpancés, recuerda, comparten un 99 por ciento de su mapa genético con el hombre. Prácticamente, asegura, «son» humanos. Curar sus lesiones medulares será curar las lesiones medulares de nuestros hijos, termina.

A continuación habla el representante de la Fundación Provida y, por último, el decano. Después, los periodistas son conducidos a los laboratorios para que puedan fotografiar las jaulas con los chimpancés recién llegados dentro. Todos ellos llevan puestos unos enormes pañales blancos para que no ensucien el local.

A la mañana siguiente, la doctora Aurora Requejo comienza, con sus tres ayudantes, la investigación. La primera tarea consiste en preparar a los chimpancés. Abren la primera jaula y sacan a la fuerza a un macho que, arrinconado por el temor, se aferra a los barrotes sin querer salir. Lo llevan en volandas y, con unas correas, lo atan de espaldas a una camilla. La doctora Aurora Requejo palpa con atención sus cervicales y afeita con una maquinilla eléctrica el lugar elegido. A continuación, su ayudante descarga un fuerte golpe con un martillo y le rompe la vértebra elegida. El chimpancé se desploma. Con la cara contraída de dolor, aún muestra algunos síntomas bulbosos. Muere a las tres horas.

La doctora Aurora Requejo explica a sus ayudantes que entre la C1 y la C4 una lesión vertebral puede conducir a la muerte del paciente. Ella no pretendía matar al chimpancé, sólo originarle una tetraplejia. Para evitar nuevos fallecimientos, decide romperle a los siete siguientes la C4.

Los animales lesionados son trasladados de vuelta a sus jaulas que, ahora, permanecen con las puertas abiertas. Los chimpancés apenas pueden mover levemente los brazos hacia arriba. Han perdido toda la operatividad de sus dedos. Yacen en el suelo de la jaula todo el tiempo que no son sometidos a tratamiento y siguen con ojos acuosos los pasos de los médicos que pasan por delante. Se llaman Adán si son machos y Eva si son hembras. Adán 1, Adán 2, Eva 1, Eva 3 etc.

De Adán 5 a Adán 9 y de Eva 4 a Eva 9, a todos ellos les rompen con un martillo la C5, de modo que quedan parapléjicos. Durante los próximos dos años arrastrarán su cuerpo de cintura para abajo.

Al poco tiempo, los monos reconocen a los médicos y les saludan, se ponen contentos. Algunos de los parapléjicos ya levantan los brazos para echarse al cuello de sus cuidadores. Los más despiertos son adiestrados sin ninguna dificultad para que saluden con un beso a la doctora Aurora Requejo.

Los chimpancés parapléjicos, así como los tetrapléjicos, son periódicamente operados. Les extraen células del bulbo olfatorio para la fabricación de geles que, aplicados a sus lesiones espinales, estimulen el crecimiento orientado de células y neuritas de su médula. Al principio, las operaciones se llevan a cabo bajo el efecto de la anestesia, pero desde que se murió Eva 6 por una reacción alérgica, se decidió no volver a emplearla.

Cada tres semanas, los chimpancés son llevados a la mesa de operaciones del laboratorio. En la facultad, al laboratorio de la doctora Requejo se le llama «La Selva», por los chillidos que continuamente salen de allí.

A los dos años de duro trabajo, la doctora Aurora Requejo presenta las conclusiones de su investigación en el Anuario de la Facultad de Medicina de Santiago de Compostela. Según prueba, el autotrasplante de células de bulbo olfatorio «no» estimula de manera eficiente el crecimiento de una médula espinal seccionada por traumatismo violento.

Fuego

El seis de junio de 2004, Buenaventura Mercado regresa a su casa por la Carrera del Conde, después de finalizar la reunión en la que su empresa, una fábrica de yogures de la que es director y principal accionista, se ha declarado en quiebra. Al girar en Montero Ríos para acercarse a su piso del número 52, ve que la calle está cortada por dos camiones de bomberos y que alrededor de ellos la gente se arremolina mirando hacia arriba. Mezclado entre la muchedumbre, comprueba que las llamas, de una fuerza considerable, salen de todas las ventanas de la última planta, precisamente la que ocupa su piso de 240 metros cuadrados. Por la intensidad del humo y la virulencia de las llamas, calcula que los cuadros de Lugrís, Laxeiro y Manuel Torres que adornaban el salón estarán completamente calcinados. Seguramente la caja fuerte, que se escondía detrás de uno de los cuadros, también se habrá fundido y con ella, las joyas de su mujer.

Buenaventura Mercado espera un buen rato para enterarse de cómo evolucionan los acontecimientos. Sin embargo, sus esperanzas se ven frustradas cuando ve salir del portal, sostenida entre dos bomberos y con el abrigo de visón puesto, a su mujer, algo mareada, pero viva.

Sin que nadie lo reconozca, abandona el lugar del incendio y baja por Rosalía de Castro hasta el Hotel Peregrino. Allí coge una habitación y se sienta a escribir unas cartas. Cuando termina, llama a Recepción y pide que se las vengan a recoger. Le paga al empleado 50 veces más de lo que cuesta franquear las cartas para asegurarse de que las echa al correo. Después, abre el minibar y se bebe todos los botellines mientras se toma de cinco en cinco las pastillas de dos cajas de tranquilizantes.

Se tumba y ya no se levanta más.

En el pleito que la compañía aseguradora entabló contra la viuda de Buenaventura Mercado, el abogado demandante sacó a relucir una carta, certificada como de puño y letra del muerto por los peritos calígrafos, en la que se insinuaba que la mujer de Buenaventura Mercado había prendido fuego a la casa para poder cobrar el seguro y de esa manera, ingresar por dos veces, tras una venta fraudulenta, el precio de los objetos de valor y así poder hacer frente a los pagos derivados de la quiebra de la empresa.

De nada le sirvió a la viuda de Buenaventura Mercado declarar que ella, con su marido, no se hablaba desde el tercer mes de matrimonio; que se llevaban destrozando mutuamente 25 años y que todo era una estratagema de su marido para acabar de hundirla. El juez falló a favor de la compañía de seguros, que se vio eximida de la obligación del pago.

Minusvalía

A causa de un síndrome que afecta a una de cada 375 000 personas, a Ricardo Pasín le tuvieron que cortar las piernas al nacer. Los brazos y las manos no se le desarrollaron y le quedaron de un tamaño ridículo, como de canguro. La cabeza, en cambio, la tiene desproporcionada, enorme. El pelo se le riza con lo que la impresión de cabezón es aún mayor. A pesar de que los rasgos de la cara son normales, habla mal, aspirando a trompicones las sílabas. Su inteligencia, por otra parte, es la de cualquier hombre de su edad: poca.

Ricardo Pasín solicitó hace cinco años una subvención a la administración regional para poder comprar una silla con motor a batería incorporado que le permitiera moverse con autonomía.

Después de 35 años de total dependencia de su madre, desde hace seis meses, cuando le fue finalmente concedida la subvención, Ricardo Pasín sale solo a la calle. No tiene amigos, pero siente un entusiasmo vigorizante por recuperar el tiempo perdido. Desde que es dueño de la silla, Ricardo Pasín trasnocha los sábados.

Tras la cena, Ricardo Pasín tarda veinte minutos en llegar a un club de la zona vieja de Santiago de Compostela.

Allí se ha hecho ya conocido. Cuando llega, el camarero lo coge en el regazo y lo sienta en una butaca alta, frente a una mesa. Después, guarda la silla tras el mostrador y le pone el primer bock de cerveza con pipermint. Como con sus manos de canguro no puede levantarlo, se bebe el combinado con pajita. Es un buen cliente: consume muchos bocks de cerveza con pipermint y paga religiosamente.

Sentado toda la noche sobre la misma butaca, Ricardo Pasín se convierte en una figura querida por la concurrencia. Cuando el bar se llena y la música se anima, Pasín suelta unos alaridos de satisfacción que dan mucho ambiente. Al cabo de unos cuantos bocks, siente ganas de orinar. Entonces empieza a dar grandes voces:

—¡*Levádeme a mexar! ¡Levádeme a mexar!*

Siempre hay algún chaval que, por el morbo de la situación, y para poder contarlo después, convence a un amigo y entre los dos, sujetándolo cada uno por un sobaco, lo llevan hasta el cuarto de baño y lo sientan en la taza mirando hacia la cisterna. Pasín abre los muñones de sus piernas para no caerse dentro.

—*¡Sacádeme a pirola! ¡Que me saquedes a pirola!*

Cuando el bar cierra, a las cinco y media de la mañana, Ricardo Pasín conduce su silla completamente borracho. En cuanto ve un soportal, aparca y se queda a dormir la mona.

Esta noche, que está durmiendo bajo el porche del Banco de España, es visto por un grupo de adolescentes que regresan alcoholizados de los bares de la Algalia. Lo rodean, le dan palmadas en la cabeza, pero Ricardo Pasín no despierta. Uno de ellos acciona la palanca de marcha y la silla echa a andar. Aquello les hace tanta gracia que levantan a Ricardo Pasín sin que se percate, lo dejan sentado en uno de los caballos de la fuente de la plaza de

Platerías y se van los cinco montados en la silla por la calle abajo.

La policía devuelve por la mañana a Ricardo Pasín a su casa, pero la silla aparece, inservible ya, en el estanque de los jardines del Auditorio.

Aparato eléctrico

A las diez de una tormentosa noche del mes de noviembre, «siguen» reunidos al pie de la cama los cinco hijos de Magdalena Serantes y sus cónyuges. Su madre, propietaria desde que quedó viuda de la Constructora Serantes, agoniza en su habitación del pazo de la familia en Pontecaldelas, Pontevedra. Hace seis días que se le ha administrado la extremaunción. Desde entonces, no ha vuelto a decir una palabra. Acostada boca arriba, con los brazos en cruz para recibir sedantes por gotero, Magdalena Serantes tarda en morir.

Sus tres hijos varones, sus mujeres, sus dos hijas y sus maridos llevan una semana encerrados en el pazo. Discuten abiertamente a la hora de las comidas. Se han enterado de que Magdalena Serantes, poco antes de enfermar, ha efectuado una modificación ante notario del testamento que repartía en partijas iguales todo el patrimonio familiar. Ninguno de ellos conoce en qué sentido ha sido hecha la modificación. Afectados por la tensión y la falta de sueño, se reprochan toda clase de acontecimientos pasados. Se insultan. Luego, el resentimiento, la rabia y el odio no les dejan dormir.

Durante las últimas horas el proceso parece que se ha acelerado y la agonía de Magdalena Serantes da síntomas de irse a terminar. La noche es de tormenta. De rato en rato, se escucha, cada vez más cercano, un trueno. En la habitación sólo se oye la respiración de Magdalena Serantes. Cada vez, las exhalaciones son más parecidas a un estertor. Se agita, mueve espasmódicamente la mandíbula y los intervalos entre las inhalaciones de aire son cada vez más amplios.

Por último, se escucha un suspiro más grande de lo normal y Magdalena Serantes queda en silencio. En ese momento, cae un rayo a poca distancia de la casa y con el sonido del trueno, se va la luz. La habitación queda en penumbra y en un silencio total. Los hijos son incapaces de mover un solo músculo.

—¿Ya está? —se atreve a preguntar uno al cabo de un rato.

El hijo mayor se acerca extendiendo las manos a la cabecera de la cama. A tientas, palpa el bulto de su madre y nota algo extraño. Retrae bruscamente la mano y se queda allí intentando alumbrar algo con un mechero. En eso regresa la luz, y comprueba que su madre se había dado la vuelta. Tiene la cara enterrada en la almohada y respira todavía. Desde la perspectiva del resto de los hermanos, sólo se ve una melena blanca que tapa lo que debía ser el rostro de la anciana.

El hijo mayor estira su mano, abarca con ella todo el cráneo de su madre y aprieta con fuerza hundiéndolo en la almohada. Unos minutos después, afloja y se da la vuelta. La mirada de sus hermanos es de admirativa aprobación.

Esquizofrenia

Jesús Freire vive en el piso del Paseo de Alfonso que sus padres, indemnizando al resto de sus hermanos, le dejaron al morir. Desde hace unos meses, a Jesús Freire el piso le huele a Galicia. Es un olor que le repugna, aunque no sabe matizar muy claramente sus componentes. Le huele a un mejunje en el que tiene identificadas vetas de humedad, de rancio, de bosta, de pueblón y de religión católica. Según él, el piso huele a Galicia que apesta. Se le mete el olor en la pituitaria y no es capaz de quitárselo de encima. No sabe bien de dónde procede el olor y va probando.

Primero envuelve en bolsas negras de basura todos los objetos envolvibles de la casa. Las lámparas, las revistas, la radio, los cubiertos de la cocina, las alfombras, todo es minuciosamente envuelto en bolsas de basura perfumadas. Por una semana, el olor a Galicia desaparece. Pero sólo durante seis días. Al séptimo, el olor es tan penetrante que se despierta por la noche. Revisa una por una todas las bolsas por si alguna se había roto. Como todo está como antes, deduce que el vomitivo olor a Galicia no procede de los objetos. Según Jesús Freire, lo más lógico es que venga de abajo, del subsuelo.

—Este olor a Galicia de mierda tiene que escaparse de la Tierra —le comenta a su hermana por teléfono.

Entonces, sella con silicona todas las cañerías de la casa. Inutiliza el baño, la cocina y la calefacción, pero prefiere las incomodidades de bajar a los grandes almacenes a asearse y a ir al váter, que tener que respirar aquellos vapores nauseabundos.

Ante la persistencia del olor, se le ocurre, después del fracaso de la silicona, que quizás el origen esté en la cámara aislante situada bajo el parquet. Se pone de rodillas y husmea el salón y las habitaciones palmo a palmo. En el salón encuentra zonas que hieden a Galicia de tal manera, que Jesús Freire se marea. Es un hedor que tiene unas repercusiones que van más allá de lo físico. Según él, el hecho de que su casa atufe a Galicia produce unos efectos sobre su carácter totalmente perniciosos. Le deprime Galicia. No aguanta más.

Localizado de nuevo el foco del olor, Jesús Freire decide actuar. Se compra un mortero, cemento, grava, arena y una pala, y extiende por todo el suelo del salón una capa de cemento armado de veinte centímetros de espesor.

Contento momentáneamente con el resultado, extiende la operación a las demás habitaciones que tienen parquet.

El fracaso fue rotundo: la casa olía a Galicia tanto como antes. Era algo irremediable, constitutivo de la edificación y seguramente de todos las demás viviendas de la ciudad. En una semana, Jesús Freire cierra la operación de venta de la casa. Sólo una agencia de restauración de pisos antiguos se muestra interesada en el inmueble, pero ofrece menos de la décima parte que valdría el piso si estuviera en buenas condiciones. Jesús Freire no discute. Coge el dinero y se compra una furgoneta, una colchoneta para dormir en la parte de atrás y un saco para abrigarse. Cuando atraviesa los puertos de la Canda y el Padornelo se siente feliz.

El cartel de bienvenida a la Comunidad de Castilla y León le parece el anuncio del paraíso.

Sin embargo, a la altura de Logroño, donde decide hacer noche, la furgoneta empieza leve, pero nítidamente, a oler de la misma manera que olía su piso. Jesús Freire se acuerda de que los asientos de esa marca de coches son fabricados en Vigo. Antes de echarse a dormir, corta con una navaja el forro de todos los asientos del coche y deja sólo la espuma. Al amanecer, después de no haber pegado ojo en toda la noche, arranca también la espuma y en su lugar, pone una tabla.

Conduciendo sentado sobre la tabla llega a Rosas dispuesto a pasar el invierno en un lugar tranquilo del litoral de Gerona. Sentado en una cafetería, siente un sudor frío que le anuncia que el olor está todavía ahí.

—La ropa —dice en alto, cayendo en la cuenta.

La ropa la compró «allí», recuerda. Tira el contenido de su maleta a la basura y la llena de nuevo con prendas compradas en Rosas. En la ducha del camping en donde se aloja descubre que, desnudo y en Cataluña, «también» huele a Galicia. Se queda largo rato bajo el chorro de agua caliente, llorando, intentando asumir que el olor procede de sí mismo, de sus secreciones gallegas, exudado de un cuerpo cuya partida de nacimiento indica bien a las claras de dónde procede.

Himno a la alegría

La coral polifónica O noso mar de La Coruña fue invitada por la Orquesta Sinfónica de Galicia para interpretar ante los participantes en la VIII Cumbre Iberoamericana de Jefes de Estado y de Gobierno un concierto que pondría fin al acontecimiento. Por decisión del Jefe de protocolo del Ministerio de Asuntos Exteriores, se va a interpretar, como símbolo del buen entendimiento de los pueblos iberoamericanos, la novena sinfonía de Beethoven.

El concierto está presidido por su Majestad el Rey de España y su esposa la Reina, situados ya en el palco principal del Auditorio de Galicia de Santiago de Compostela.

A Juan Antonio Magariños, como al resto de la Coral, lo trajeron de La Coruña en autobús. Magariños canta desde hace 17 años en la línea de bajos del coro. Es epiléptico, pero su enfermedad no le ha impedido participar en todos los conciertos de los últimos tres lustros.

Desde su puesto en el fondo del escenario, puede distinguir con claridad el uniforme verde oliva y las barbas de Fidel Castro. Reconoce también al presidente de la Xunta de Galicia, hoy autoridad menor y desplazado por ello a un asiento lateral. Los hombres visten frac y sus mujeres, traje de noche. No hay entradas a la venta. Todas las localidades del auditorio están reservadas para las autoridades, sus cónyuges, los funcionarios de exteriores de las distintas delegaciones y los escoltas del servicio nacional de seguridad de cada país. Dos pantallas gigantes situadas en la plaza del Obradoiro, sin embargo, retransmiten gratuitamente el concierto para toda la ciudadanía que desee verlo.

El director titular de la Orquesta Nacional de España, hoy invitado a dirigir la Sinfónica de Galicia, hace su entrada en el escenario y todos, músicos y coro, se levantan entre los aplausos del público.

Desde la perspectiva de Juan Antonio Magariños, todo discurre con una precisión matemática hasta el scherzo del segundo movimiento. Ahí, Juan Antonio Magariños empieza a notar una desacostumbrada opresión en el tórax, acompañada de sudoración por todo el cuerpo. La molestia es creciente y, al poco tiempo, se convierte en franco dolor de corazón.

Ya en la *Schreckfanfare*, el dolor se extiende al hombro y brazo derechos. Al tiempo, Juan Antonio Magariños empieza a sufrir dificultades respiratorias. El barítono se adelanta y pronuncia las famosas palabras que dan entrada a la Oda a la alegría de Federico Schiller: «*¡Amigos, no con esta música! ¡Entonemos cantos llenos de alegría!*». El director de la Orquesta Nacional hace un gesto teatral y ordena levantarse al coro. Los cantantes obedecen y acometen el inicio con entusiasmo. Juan Antonio Magariños, también. Se levanta y canta en alemán: «*¡Alegría, hija del Elíseo...!*».

En ese momento, cae desplomado al suelo.

Desde el parqué nota que sus compañeros de la línea de bajos le han puesto encima sus pies mientras siguen cantando: «*todos los hombres se vuelven hermosos allí donde se posa tu ala suave*». Magariños traduce del alemán y piensa en el ala suave de la alegría. Los bajos, gente pesada y voluminosa; pisan fuerte el cuerpo de Juan Antonio Magariños porque creen que le está dando un ataque epiléptico y temen que, si lo dejan libre, desequilibre con sus convulsiones a la siguiente línea de mujeres.

El director lo ha visto tambalearse antes de derrumbarse y acentúa la teatralidad de sus movimientos para atraer la atención del público. A Magariños, el dolor se le hace ya insoportable. Tiene la sensación de que le aprietan el corazón y se lo retuercen. Escucha al coro y traduce: «*Todos los seres beben la alegría en el seno de la naturaleza; todos, los buenos y los malos, siguen su camino de rosas*». Piensa que alguien debería parar y llamar a una ambulancia. El ahogo y el dolor le impiden gritar.

Interviene el tenor y después el coro se lanza ya desbocado al final. Juan Antonio Magariños escucha: «*todos los hombres se vuelven hermanos allí donde se posa tu ala suave. ¡Abrazaos, criaturas innumerables! ¡Que ese beso alcance al mundo entero! ¡Hermanos, sobre la bóveda estrellada tiene que vivir un Padre amoroso!*». Después, se desvanece con las botas de sus compañeros firmemente ancladas sobre su cuerpo.

Juan Antonio Magariños muere de infarto de miocardio en la ambulancia que le traslada al Hospital Clínico sin que las técnicas de resucitación cardiopulmonar que le aplican sean ya eficaces y mientras, en el Auditorio de Galicia, y por expreso deseo de su Majestad, la Orquesta Sinfónica de Galicia, bajo la batuta del director titular de la Orquesta Nacional de España, acompañada por la Coral O noso mar de La Coruña, vuelve a interpretar, tras veinte minutos de delirantes aplausos, el *Himno a la alegría* de la novena sinfonía de Beethoven.

Funeral

Los familiares de Isidro Allegue decidieron celebrar el funeral por su muerte en el espacio destinado a capilla en el mismo Tanatorio de Pereiró en el que lo habían velado. También le pidieron al Padre Antonio Alján, amigo de la familia, que fuera él quien oficiara la ceremonia. Se daba por descontado que sería él quien, al finalizar la misa, condujera el cadáver hacia el vecino Cementerio Municipal de Vigo y lo enterrara allí.

El Padre Alján aceptó con cierta emoción el encargo dado que consideraba a la familia Allegue como un modelo de catolicidad militante. En el sermón, el Padre Alján se explaya sobre las cualidades morales del difunto y sobre el ejemplo que para el resto de su comunidad debía proporcionar su confianza en una existencia más gozosa en presencia de Dios. Algunos de los presentes asienten.

Al finalizar la prédica, el Padre Alján solicita de los concurrentes que aquellos que fueran a comulgar levanten la mano. La capilla del tanatorio es multiconfesional y no dispone de un sagrario para conservar las obleas ya consagradas, explica. El padre Alján cuenta las manos levantadas y extrae de un estuche plateado tantas formas como brazos contó y alguna más. A continuación, consagra el pan y el vino y comulga. Se limpia los labios y abandona el altar para dar a los fieles la comunión. La fila que se ha formado es pequeña, apenas cinco personas. Bastantes menos de las que habían levantado la mano.

Dado que no hay sagrario donde conservar las hostias consagradas, el Padre Alján se ve obligado, según la costumbre de la Iglesia, a comulgar de nuevo. Las agrupa de cinco en cinco y se las va introduciendo en la boca. Mastica mirando hacia abajo y comprueba que la jarrita de agua está vacía. Traga. Coge otras cinco y las mete en la boca. Para apurar, toma cinco más. El tiempo se alarga y los fieles contemplan en silencio las mandíbulas del Padre Alján. Traga de nuevo, pero esta vez el bolo se le queda a mitad de camino. Intenta tragar saliva, pero con la harina que tiene en la boca es imposible fabricarla. Siente que se ahoga y se da la vuelta. De espaldas al público levanta los brazos, en unos movimientos que los fieles interpretan como de una especial unción debido a la cercanía al fallecido. Se da golpes en el pecho, pero no consigue pasar el alimento. A los tres minutos, cae desplomado. El médico que trajeron de otra de las salas del tanatorio le practicó una traqueotomía, pero ya demasiado tarde. Mientras esperaban la llegada del juez de guardia, el cuerpo del Padre Alján yace en paralelo al de su amigo Isidro Allegue, sin que los asistentes al entierro abandonen durante ese par de confusas horas sus deberes sociales para con los deudos del primer fallecido.

Autovía

A Manuel Rúa, la autovía que el Estado construyó entre Vigo y Benavente no le llegó a afectar lo suficiente como para que le expropiaran la casa. El cierre de la finca queda a diez metros del vallado de la carretera. De la ventana de su dormitorio al carril dirección Madrid, hay apenas cien. El ruido de los coches a 120 km/h. es permanente y ensordecedor.

A Manuel Rúa, el tráfico le empezó a preocupar desde el día en que el Ministro de Fomento cortó la cinta inaugural de la autovía. En esa casa nació hace 62 años y, desde que murió su madre, vive solo en ella.

No es capaz de dormir. Se tumba de espaldas en la cama y cierra los ojos, pero siempre aparece un coche. Se escucha el ruido del motor desde al menos un kilómetro, más si es un camión. El tiempo que, aumentando poco a poco la intensidad del ruido, tarda en acercarse, pasar por delante de la casa y alejarse, se hace eterno. A ese coche, le sucede otro; y después, otro más y así, hasta el amanecer.

Manuel Rúa es campesino. Se levanta temprano, trabaja en la huerta, da de comer a los animales. Por la noche, está cansado. El suyo es un trabajo «físico». A su edad, no se siente con fuerzas para cambiar de empleo. Por su vivienda no le darían lo suficiente para edificar otra en un lugar distinto de la parroquia. De modo que Manuel Rúa se siente atrapado en una casa en la que, antes de la construcción de la autovía, el único ruido nocturno que había era el de la lechuza o el de algún perro si alguien se moría en la zona.

Desde la inauguración de la autovía, Manuel Rúa fue durmiendo cada vez menos hasta que llegó una noche en que se la pasó toda en blanco. Al quinto día de no dormir ni un solo minuto, Manuel Rúa volvió del trabajo dispuesto a arreglar el asunto. Se sentó al lado de la mesa de la cocina, abrió el cajón, cogió unas tijeras, calculó la abertura necesaria, y se las clavó a fondo en el oído derecho. Con el dolor, perdió la consciencia y se cayó al suelo. Cuando volvió en sí, se incorporó y se introdujo de nuevo las tijeras en el oído izquierdo. A fondo y con un ligero movimiento de torsión de la muñeca. Esta vez, resistió mejor. Se levantó, se secó la sangre y cogió del estante el aguardiente. Se echó un buen chorro en cada oído, aguantando la quemazón. El resto se lo bebió junto con una segunda botella. Cuando despertó al día siguiente, el silencio era total. Sólo cuando pasaba un camión de gran tonelaje vibraba el suelo y temblaban los vidrios de las ventanas.

Perros

En el atrio de la compostelana iglesia de Santa María Salomé, esperan cada domingo a que salga Rosario Lores de misa sus dos perros. No tienen cadena, porque, si se ponen a tirar, Rosario no iba a poder con ellos. Sueltos, son dos perros tranquilos y obedientes que, a pesar de su corpulencia, rodean a su ama con la mansedumbre de dos vacas.

A Rosario Lores, cuando enviudó, le entró desde la primera noche una fobia que le impedía quedarse sola. El velatorio de su marido duró una madrugada. Rosario Lores la pasó sin que nadie la acompañara al lado del cadáver del hombre con quien había convivido los últimos 53 años. Al amanecer, estaba convencida de que se suicidaría si tuviera que pasar otra noche sin compañía.

Al entierro de su marido asistieron tres personas: el cura, el camarero del bar donde desayunaba todos los días y ella. No habían tenido hijos, él no tenía padres y ella había dejado de hablarse con los suyos a raíz de la boda.

Después del entierro se fue a la perrera municipal y volvió a su casa con dos dogos, cachorros de seis meses de la misma camada. Ya crecidos, los perros comían su misma comida y dormían en su habitación, echados al pie de la cama. Tres veces al día, salía de su casa del monte de la

Almáciga y llevaba los perros al Parque de los Bomberos. Hizo lo mismo, sin fallar uno solo, todos los días de los nueve años que siguieron a la muerte de su marido. Los domingos iba a misa hasta Santa María Salomé y dejaba a los animales sueltos.

Los vecinos no se le acercaban porque tenían miedo de los perros. Ella, en cambio, se sentía protegida. Con la mengua de la edad y el luto con que vestía, Rosario Lores apenas se distinguía al caminar entre sus dogos. A ellos nunca se les vio desmandados. Ni siquiera nadie los escuchó ladrar.

En número de hoy de *El Correo Gallego* viene la noticia de que, avisada por los vecinos, que desde hacía más de un mes no veían a la vieja con sus perros, la policía local entró por la fuerza en su domicilio. El primer agente que se introdujo en la casa fue atacado nada más entrar por uno de los dogos. El otro yacía moribundo en el dormitorio. Tenía marcas de mordeduras por todo su cuerpo. La policía mató a los dos animales vaciándoles el cargador de sus pistolas. El dogo herido murió inmediatamente, pero el otro, que se retorcía buscándole el cuello al cabo Juan Liñares, resistió una buena cantidad de balas antes de caer desplomado. Sobre la cama se encontraron manchas de sangre y pequeños restos de huesos, que serán analizados por el Instituto Anatómico Forense para comprobar si proceden del cadáver de Rosario Lores, de la cual no se ha vuelto a tener noticia alguna.

Ejército

El soldado profesional José Manuel Ledo fue destinado a finales de septiembre a Afganistán con el contingente de tropas allí destacado en misión humanitaria. Regresó a los cinco meses con una baja psiquiátrica. Los médicos militares diagnosticaron un trastorno delirante que aconsejaba su licencia del ejército al evolucionar hacia la paranoia crónica.

José Manuel Ledo sostenía que, del miedo que pasó, en Afganistán «se le había ido la bola». Allí veía detrás de cada ventana o apostados en cada colina francotiradores talibanes que le iban a reventar la cabeza de un balazo. Sin embargo, según él, no moriría sin pelea. Eso le obligaba a estar continuamente agachado y a responder con fuego de su fusil. Respiró aliviado cuando se vio metido en un Hércules camino de casa.

A la semana de regresar, su madre, a la vuelta del trabajo, lo encontró parapetado en la ventana, vestido con pantalón militar de camuflaje y el pelo cortado al cero en las sienes. Según decía, había visto un tipo sospechoso en la ventana de enfrente.

A los francotiradores se le sumaron los terroristas expertos en bombas; y a éstos, los envenenadores. Todos ellos, según José Manuel Ledo, pretendían atentar contra él y contra los suyos. Por casa, andaba ya siempre cuerpo a tierra y por la noche, no permitía encender ninguna luz ni poner la televisión ni la radio.

A mediados de marzo, esperó a su madre tras el portal. Cuando llegó, se abalanzó sobre ella, la ató, la amordazó y la encerró en la bodega. Sólo así, decía, podía estar segura. Tres veces al día bajaba a darle de comer, siempre conservas que antes probaba el gato. La tuvo encerrada veintidós días, hasta que la policía la liberó.

A José Manuel Ledo lo internaron en el hospital psiquiátrico del Rebullón. Durante tres meses le prohibieron tener cualquier contacto con la madre. El tratamiento incluía dosis máximas de neurolépticos y benzodiacepina para reducirle la obsesión y la ansiedad. A la semana de ingresar, José Manuel Ledo ya no se echaba al suelo al menor ruido. A la tercera semana, incluso no apagaba la luz por la noche. A los tres meses, los médicos juzgaron que podía hacer vida normal siempre que se siguiera medicando.

Llamaron a la madre y le rogaron que pasara a recoger a su hijo, ya que la dirección del Centro consideraba que no podía tenerlo por más tiempo hospitalizado. La madre de José Manuel Ledo se acercó después del trabajo a buscarlo con el coche. Pararon a comprar un pollo asado con patatas en un establecimiento cercano y regresaron a comer a casa.

En la comida, que transcurría en un silencio polar, la madre se atragantó. Uno de los huesos del pollo se le incrustó en la garganta y le formó una obturación que le impedía respirar. Empezó a boquear y a mirar angustiosamente a su hijo para que le ayudara. José Manuel Ledo se quedó impertérrito observando con atención los últimos estertores de su madre.

Cuando juzgó que la muerte de su madre era ya definitiva, José Manuel Ledo se levantó de la mesa. Se puso sus pantalones de camuflaje. Se afeitó las sienes. Salió a la calle. Compró una lata de gasolina. Entró en la Pollería Lago. Roció todo el establecimiento de combustible y le prendió fuego. Dos de los trabajadores se vieron rodeados por las llamas y murieron abrasados. Ante el juez, José Manuel Ledo declaró que los de la Pollería Lago habían envenenado a su madre y que el siguiente iba a ser él. Sólo se había defendido, afirmó. Cualquiera hubiera hecho lo mismo.

Saga

José Bonome Facal tiene 54 años menos un día. Su padre, José Bonome Torreiro, arquitecto, se suicidó en 1980 justo en la fecha de su quincuagésimo quinto cumpleaños. Sin motivo aparente, acercó su coche al aparcamiento de la estación marítima del puerto de Vigo, cerró por dentro todas las puertas y aceleró. El personal del puerto que se tiró al agua para intentar salvarlo no pudo hacer nada por él. Dejó, como dijeron los periódicos, viuda y un hijo.

José Bonome Facal es arquitecto, como lo era su padre. Nació el 22 de julio de 1950. La tarde del 21 de julio la pasa trabajando en su estudio hasta las nueve. Después sale, desconecta el móvil y entra en una cafetería a tomar un sándwich. Su abuelo paterno, José Bonome Pita, trabajó de gerente de una empresa mayorista de productos de mercería hasta 1959. El 6 de abril de ese año, cuando cumplía 55 años, se acercó al muelle de trasatlánticos del puerto de Vigo y esperó a que el crucero bajo pabellón británico *Princess of Sea* soltara amarras para saltar al agua a la popa del barco. La hélice lo succionó y lo descuartizó en pocos segundos. Ni su mujer ni sus hijos, José y Adelaida Bonome Torreiro, supieron explicarse nunca tal hecho.

José Bonome Pita era hijo único de José Bonome Pazos, cartero que una noche de 1938, cuando tenía 55 años, dio un paso al frente en el muelle del puerto de Vigo cuando no sabía nadar. Se ahogó sin que nadie se diera cuenta. Se supone que en su suicidio había algún tipo de motivación política.

José Bonome Facal regresa a casa a las diez de la noche. Su mujer no está. Abre las puertas de la terraza para que entre el aire y se sienta en el sofá del salón. Se distrae ojeando la valiosa colección de sellos que ha llegado hasta él desde que su bisabuelo, José Bonome Pazos, la juntó. Su mujer, sin que él lo sepa, está en el puerto intentando localizarle en compañía de los guardas de seguridad. Viendo los sellos, a José Bonome Facal le llegan las campanadas de las doce de la iglesia de Santa María Auxiliadora. Cuando cesó la última de ellas, coloca en su estante la colección de sellos, corre hacia la terraza y salta al vacío.

Alcalde

En el municipio pontevedrés de Ponteareas apareció una mañana un perro sin dueño. Recorrió las calles del pueblo, husmeó aquí y allá y se acostó finalmente delante del número 6 de la Plaza de América. Durante tres días, se quedó en la entrada de la casa sin querer comer ni beber hasta que los empleados de la funeraria sacaron el ataúd de Martina Barrantes, una anciana de 92 años que había muerto de puro vieja la noche anterior. El perro acompañó el cortejo fúnebre al cementerio y esperó a sus puertas hasta que se fueron los últimos familiares.

Durante las dos semanas siguientes, al perro se le perdió de vista. Sin embargo, apareció de nuevo. Esta vez se fue a sentar en el felpudo de la casa correspondiente al número 18 del Camino Nuevo. Como en la ocasión anterior, hasta que Marcelo Soneira murió de un cáncer terminal de colon, el perro esperó tres días la muerte sin aceptar la comida que le daban. En el momento en que Marcelo Soneira expiró, el perro comenzó a aullar y se fue al cementerio, donde siguió aullando hasta que al día siguiente sepultaron el cadáver.

Dos veces más se presentó el perro en Ponteareas durante los meses siguientes. Una, anunciando la muerte de Flavio Camiñas y la otra, la de Teresa Morgade, ambos ancianos muy queridos en el pueblo. En la segunda de las ocasiones, el perro era ya tan famoso que vino un periodista del *Faro de Vigo* a cubrir los sucesos y a hacerle una foto que salió en la sección *Comarcas*.

Dos meses después de estos acontecimientos, Justo Fraga, alcalde de Ponteareas desde 1968 en que fue nombrado por las autoridades de la Dictadura, recibió una llamada a la hora del desayuno. Era el cabo de la policía local:

—Alcalde, que tiene ahí al perro.

—¿Ahí, dónde? —respondió él.

—Delante de la puerta de su casa.

Justo Fraga dejó el teléfono descolgado y abrió la puerta de la calle. El perro, con la barbilla apoyada en el felpudo, le miraba hacia arriba con ojos de tristeza. Él cerró la puerta de nuevo y volvió al teléfono:

—Véngase aquí y tráigase tres hombres —le ordenó al cabo.

A los cinco minutos, el coche de la policía local ya estaba allí.

—Sujétenme al perro —dijo Justo Fraga.

Y mientras los policías sujetaban al perro, el alcalde lo reventó a patadas.

—Tírenlo al vertedero —se despidió el alcalde al entrar en su casa de nuevo.

Tres días más tarde moría su mujer de un derrame cerebral, pero en las elecciones municipales Justo Fraga renovó por séptima vez consecutiva y con mayoría absoluta su cargo de alcalde de Ponteareas.

Tulipanes

El número uno de la lista de candidatos al Congreso de los Diputados por el Partido Nacionalista Galego en la provincia de Pontevedra, Moisés Graña, sale de su chalet adosado la mañana del domingo para comprar la prensa y desayunar en una cafetería de Canido. Abre *La Voz de Galicia* por el «especial elecciones» para ver cómo quedó la entrevista que le hicieron el día anterior. La foto es grande y Moisés Graña se encuentra favorecido. Lo han colocado al lado de los jardines de Montero Ríos, en Vigo, rodeado de flores. El pie de foto reza: «Moisés Graña, jardinero por vocación, político por sacrificio personal».

El candidato está contento con la foto. También con la entrevista. Para dar una imagen de normalidad, ha hecho hincapié en sus gustos sencillos y populares. La jardinería, dice, es lo que más le relaja. «Si pudiera vivir de ella, lo abandonaría todo. En las flores —dice—, encuentro una neutralidad que no veo en los hombres. Las flores nos proporcionan su belleza sin pedir nada a cambio. Me gustaría que el de las flores fuera mi modelo político: trabajar para los demás sin pedir nada a cambio». A la pregunta ¿a qué va a dedicar el tiempo durante la jornada de reflexión? Moisés Graña da la respuesta esperada: «A mi huerta, los tulipanes que planté el otro día deben de estar a punto de florecer».

Moisés Graña deja el periódico a un lado y desayuna viendo el mar. Esta vez está seguro de salir elegido. Por delante tiene un largo día de descanso después del ajetreo de casi un mes de campaña electoral. Cuando ve que han llegado los fotógrafos, sale de la cafetería, compra el pan y unos pasteles y se marcha dándoles la mano a cada uno de los periodistas que habían respondido al aviso de su gabinete de prensa. Cuando llega a casa, entra silbando, besa a su mujer y le enseña la entrevista de *La Voz de Galicia*. Después, se pone las botas de goma y el mono de trabajo y sale a la finca.

Desde la escalera ve los tulipanes. Se queda paralizado contemplando el colorido que, de un día para otro, estalla en esa zona de su jardín: rojo-gualda-rojo. Moisés Graña ve realmente en su jardín la bandera de España. Baja corriendo, se mete entre los tulipanes y los va tronchando uno a uno. Primero pisa fuerte hasta que baja la planta al suelo y después retuerce la suela sobre la flor. Hasta que no queda ni uno solo de los tulipanes. Cuando termina el trabajo, llama a su secretaria para que denuncie ante quien le competa el error de etiquetado de la empresa que le vendió los bulbos. Moisés Graña se quita las botas, el mono y se encierra con llave en su cuarto. Los tranquilizantes le ayudan a pasar la jornada de reflexión.

Monos II

De los cinco chimpancés que originariamente había en el jardín zoológico de La Madroa en Vigo, sólo quedan tres. Uno de ellos nunca se llegó a adaptar y murió pronto. Los otros cuatro convivieron muchos años en una jaula de 25 metros cuadrados, separada del público por unas gruesas rejas de hierro.

El mayor de ellos, cuyos cuidadores llaman *Chiño*, está loco. Enloqueció al poco de ser traído a La Madroa. Desde que se levanta hasta que se acuesta se está en la esquina derecha de la jaula mirando hacia el público. Mantiene los brazos estirados a lo largo del cuerpo y, con las piernas un tanto separadas, se pasa todo el día flexionando las rodillas. Es un movimiento compulsivo: arriba y abajo, arriba y abajo, arriba y abajo. Sin descanso. La cabeza la mantiene rígida y la vista, perdida al frente.

En la diagonal contraria a *Chiño*, se refugia *Juanita*, una hembra de siete años que, huyendo todo lo que puede del público, se sienta en su esquina y se tapa la cabeza con los dos brazos. Ni se mueve ni apenas come. Está así desde que las autoridades municipales decidieron sacrificar a *Turco*.

Turco se masturbaba día y noche obsesivamente y ofendía a los visitantes. Tras numerosas denuncias y una campaña de prensa, el Ayuntamiento ordenó al veterinario del Zoo que lo sacrificase. Le pusieron una inyección con una dosis letal de tranquilizantes. Desde entonces, *Juanita*, la hembra de siete años, no sale de su esquina y esconde su cabeza bajo sus brazos.

De modo que el único que se mueve a lo largo de los 25 metros cuadrados del habitáculo es *Tolo*, un macho que está pendiente de todo lo que los visitantes arrojan a la jaula: cacahuetes, pequeñas piedras, manzanas, ciruelas, castañas, cualquier cosa le sirve. Espera atento la llegada de algún humano y cuando ve acercarse a alguien empieza a gritar, a dar volteretas y a subirse a la rueda que pende de una soga del techo de la jaula. En cuanto le tiran algo, lo coge inmediatamente y se lo arroja con toda su fuerza a la persona que lo tiró. Generalmente, acierta. Cuando lo hace, aplaude. Si falla; si, por ejemplo, el proyectil da en alguno de los barrotes de la jaula y cae dentro, *Tolo* grita y se autolesiona. A los niños que van con sus padres los domingos por la mañana, les hace mucha gracia *Tolo*. Los padres también se mueren de risa con él.

Polaroid

Viriato de la Cruz, súbdito ecuatoriano, ha muerto hoy en Santiago de Compostela en la cama de donde no se había levantado desde junio del 2003.

A fines del 2001 llegó de Ecuador al aeropuerto de Barajas con visado de turista y desde entonces él, su mujer y sus dos hijos se quedaron a vivir ilegalmente en España. Una falsa oferta de trabajo llevó a toda la familia a Galicia. Se instalaron en una caravana que les alquiló un amigo de un compatriota en el camping compostelano de As Cancelas. Los niños iban al colegio y Viriato de la Cruz y su mujer, a buscarse la vida. Ella vendía pulseras y jerseys tricotados a mano. Él mandó imprimir 200 cartulinas con frases alusivas a la Virgen, la piedad y la caridad cristianas, sus hijos y la miseria. Entraba en los bares y dejaba sobre las mesas de los clientes las tarjetas. Después, volvía a recogerlas y esperaba unos segundos delante de cada mesa por si le daban algo. Verbalmente, jamás pidió nada a nadie.

Durante año y medio malvivieron de ese modo. Con la llegada de la primavera y los primeros peregrinos del 2003, Viriato de la Cruz ideó, observándolos, un proyecto. Dejó las tarjetas y obligó a su mujer a vender las joyas de plata que tenía. Vendieron también las alianzas matrimoniales y la ropa de invierno. Con lo obtenido, Viriato de la Cruz, convencido de que para ganar dinero hay que invertir antes, compró una Polaroid.

Con la máquina fotografiaría a los peregrinos y les vendería después las fotos. Según sus cálculos, con que vendiera únicamente cinco fotos al día ya ganaría más dinero que con las tarjetas y los jerseys de su mujer.

El 3 de junio de 2003 salió a trabajar por primera vez con la cámara colgada del cuello. Se ofreció a retratar a los turistas que paseaban por la plaza del Obradoiro. Ninguno quiso. Luego se trasladó a la plaza de Platerías. Tampoco tuvo éxito. A mediodía se acercó a las terrazas de la calle San Clemente. En el restaurante Trinidad comía un grupo de turistas portugueses. Por lo animado de la conversación y la cantidad de botellas vacías que se acumulaban sobre la mesa, a Viriato de la Cruz se le antojó que allí había una buena oportunidad. Caminó hasta el grupo y enseñó su cámara sonriendo:

—¿Foto? —dijo.

—Te la hago yo —contestó uno de los portugueses ante las risotadas de los demás. Sacó del bolsillo de la americana un teléfono móvil extraplano, abrió la tapa plegable, enfocó a Viriato de la Cruz y apretó una tecla. Se oyó el sonido del disparador y esperó un segundo. Después, victorioso, le dio la vuelta al móvil para que Viriato de la Cruz pudiera ver en la pantalla una instantánea suya con una definición inmejorable.

Viriato de la Cruz regresó a su caravana y se encamó para no levantarse ya. Hoy, 3 de octubre de 2005, ha muerto. Tenía 52 años.

Amistad

A Ramón Cidrás, conduciendo desde Bilbao hasta Vigo el coche de su íntimo amigo Manolo Cores, el indicador de temperatura del automóvil le subió repentinamente sin que él se percatase. Recorrió todavía unos kilómetros y después, el tapón del depósito del agua saltó con un estampido y el capó se llenó de un espeso humo blanco. Estaba en Asturias.

El coche era un Opel Astra de cinco años y 60 000 kilómetros que Manolo Cores había comprado de segunda mano en Bilbao. Había acordado por él un buen precio, pero aún así tuvo que pedir al banco un crédito personal al 9% de interés para poder pagarlo. Durante tres años debería apartar todos los meses de su recién estrenado sueldo como auxiliar administrativo de la Delegación de Hacienda 150 euros para devolver el préstamo.

Para Manolo Cores, el coche es el símbolo de su recién estrenada independencia económica. Más que aprobar la oposición del cuerpo de auxiliares administrativos de la Administración Central o el hecho de obtener su primer destino en Vigo, haber comprado por sí mismo un coche a sus 27 años es para él la prueba efectiva de haberse desligado de la tutela paterna.

El coche se lo había vendido un conocido bilbaíno de su padre y precisamente su amigo Ramón Cidrás tenía que viajar de Bilbao a Vigo en aquellos días. Ramón Cidrás había tenido ya dos siniestros totales en coches de su propiedad, sin que a él le hubiera pasado nada. A pesar de ello, Manolo Cores, después de consultar las tarifas de transporte ferroviario de automóviles, lo llamó para pedirle el favor de que le trajera el coche. Para agradecérselo y celebrar la compra, Manolo Cores compró un jamón.

A las doce del mediodía, Ramón Cidrás llama a su amigo Manolo Cores para decirle que se retrasa. En vez de llegar a la hora de comer como tenían previsto, lo haría a la de cenar, dijo. Como explicación afirmó que se había quedado dormido y hasta las dos no saldría de Bilbao.

A Manolo Cores la noticia le intranquilizó un tanto. A Ramón Cidrás, en cambio, se le terminó la incertidumbre cuando en el taller le dijeron que estaba rota la junta de culata y que el destrozo ocasionado en el motor parecía grave. Según los mecánicos, el coche podría arreglarse, pero jamás quedaría como antes. Por otra parte, el coste de la reparación sería tan elevado casi como el de comprarse otro coche de segunda mano.

Ramón Cidrás pide entonces un taxi y va en él hasta la estación de autobuses más cercana. Desde Luarca vuelve a llamar a Manolo Cores para informarle de que llegaría sobre las diez de la noche.

Por teléfono, a Manolo Cores la voz de su amigo le parece extrañamente insegura, aunque cuando le pregunta si todo va bien, éste responde que sí.

A las nueve y media de la noche, Manolo Cores comienza a cortar el jamón. Con el cuchillo jamonero de dos cuartas va rebanando unas lonchas finas y cortas que deposita ordenadamente en una fuente. A las diez menos cinco suena el timbre y Manolo Cores sale a la puerta con el cuchillo en la mano. Abre y se encuentra con Ramón Cidrás, quien sostiene con un dedo la llave del coche y sonríe.

—Esto es todo lo que queda de tu coche —dice.

A Manolo Cores se le tensan los músculos del brazo derecho. Empieza a respirar entrecortadamente, a enrojecer y a sudar a chorro. Sin decir una sola palabra, levanta el cuchillo a la altura de la cara de Ramón Cidrás y, de la rabia, se lo clava a sí mismo en el corazón.

Maternidad

Según consta en el sumario del proceso instruido contra Inocencia Caride por la Audiencia Provincial de Pontevedra, su caso fue denunciado por los servicios sociales del Ayuntamiento de Covelo. En una visita a otra familia de la parroquia de Godóns, un funcionario del municipio descubrió, atado a un árbol del patio mediante una cadena de varios metros, a un niño de unos diez años de edad. Avisada la fiscalía por el funcionario de Covelo, a Inocencia Caride le fue retirada la custodia de su hijo y se le denunció en el juzgado por malos tratos.

Interrogada por el fiscal, Inocencia Caride reconoció que tenía encadenado al niño desde los seis años. Según ella, «había tenido que hacerlo», pues «el niño mordía». El niño era tan malo que le llevaba la comida en una mano y en la otra, un palo para evitar a golpes que se abalanzara sobre ella. A preguntas del fiscal, interesado por la identidad del padre del muchacho encadenado, Inocencia Caride respondió que nunca había sabido quién era.

Llegado a este punto, el juez, a petición de la fiscalía, ordenó que a Inocencia Caride se le realizara un examen psiquiátrico. El perito dictaminó que la salud mental de Inocencia no presentaba anomalía alguna. Por otra parte, en su informe ponía en conocimiento del juez una serie de hechos que habían salido a la luz en las sesiones exploratorias.

Inocencia Caride había tenido varios hijos más. El primero de ellos, según su declaración, nació muerto. En la versión del psiquiatra, sin embargo, había, con respecto a la muerte de su primogénito, una diferencia de segundos. A Inocencia Caride le sobrevino el parto mientras trabajaba en una de sus fincas. Se acuclilló y alumbró a su hijo, a quien no pudo sujetar y fue a caer de cabeza sobre el afilado tallo de una berza recogida a machete. El niño quedó ensartado y murió «entonces». Inocencia Caride cortó el cordón umbilical, recogió el cadáver, lo llevó a su casa y lo enterró en la huerta como hacía con las camadas de los perros.

El segundo hijo de Inocencia Caride era, según ella, malo. Mordía, y por eso hubo que encadenarlo.

Al tercero, se lo llevó nada más nacer un matrimonio de Orense. De los papeles, según Inocencia Caride, se ocuparon ellos. Inocencia Caride les está muy agradecida porque le ayudaron económicamente cuando le hacía falta.

Del cuarto hijo, Inocencia Caride habla con orgullo. A sus seis años trabaja ya como un hombre. Recoge las patatas, ayuda a matar al cerdo y decapita a los pollos el día del Patrón.

Tras leer el informe, el juez, congestionado de indignación, le preguntó a Inocencia Caride cómo podía haber hecho todas aquellas «atrocidades». Ella respondió que lo de sus hijos era el castigo que Dios le enviaba por emborracharse una vez al año en las fiestas de Covelo.

Paternidad

Emilio Carvia está a tratamiento psiquiátrico desde que se reprodujo. A su mujer, antes de casarse, le había asegurado que él no deseaba tener hijos. Su mujer le contestó que ella, sí. Se casaron sin resolver la cuestión.

A Emilio Carvia, pensar que la vida de su hijo, y por tanto su futura muerte también, obedece a un acto de su responsabilidad le produce ansiedad e impulsos autodestructivos.

Durante los cinco primeros años del matrimonio, cuando parecía que la cuestión de la descendencia estaba preterida, Emilio Carvia no tuvo ninguna clase de episodio psicopático. Sus problemas comenzaron al ir comprobando que su hijo, que su mujer al final consiguió tener, crecía sano, robusto y alegre. «Sabía» que, tarde o temprano, su hijo estaría débil, enfermo y deprimido. Originariamente, todo por su culpa.

A su mujer le ocultó el motivo de su enfermedad. Cómo explicar una enfermedad de tipo, digamos, moral. Emilio Carvia se calló y se puso a tratamiento intentando molestar lo menos posible

Cuando el niño cumplió cuatro años, la mujer de Emilio Carvia empezó a hablar en las comidas de la posibilidad de proporcionarle un hermano. Emilio Carvia ni asentía ni negaba. Sin embargo, cuando tuvo ocasión de quedarse solo una semana, se hizo en secreto una vasectomía en una clínica privada de Vigo.

Seis meses más tarde, su mujer quedó embarazada. La niña nació apenas quince días después de que a Emilio Carvia le llegaran los resultados del análisis comparativo entre su ADN y el de su primer hijo. El primogénito «tampoco» era suyo. Para cuando nació la niña, Emilio Carvia no tomaba ya ansiolíticos. La recibió con orgullo y entusiasmo, dispuesto a vivir una vida matrimonial tan feliz como la de los cinco primeros años.

Fraternidad

El conserje le sube la correspondencia al despacho a Orlando Fiel, catedrático de filología inglesa en la Universidad de Santiago de Compostela. Orlando Fiel abandona la escritura de un artículo y repasa los sobres. Selecciona uno con membrete de la Universidad de Salamanca y se levanta para leerlo mejor a la luz del ventanal. Lo abre y extrae un folio, donde sin encabezamiento alguno, manuscrito, se ha copiado el siguiente poema:

Esta mano viva, cálida hoy y capaz
de fervoroso apretón, si estuviese fría,
y en el gélido silencio de la tumba,
obsesionaría de tal forma tus días y sueños nocturnos
que desearías que se secase la sangre de tu propio corazón,
para que en mis venas volviese a correr la roja vida,
y así fuera calmada tu conciencia. Mírala, aquí está:
La extiendo hacia ti.

Orlando Fiel reconoce inmediatamente el poema de John Keats y también, la letra de su hermano gemelo. Augusto Fiel es, como su hermano, profesor universitario, pero en la Facultad de Filología Inglesa de la Universidad de Salamanca. No se hablan desde hace doce años, cuando Augusto Fiel se acostó con la mujer de su hermano.

Orlando Fiel dobla la carta, se la mete en el bolsillo interior de la americana y reflexiona con la mirada perdida a través del ventanal. El hecho de que el poema hubiera sido manuscrito y, aún más, traducido de nuevo para la ocasión por su hermano, le llevan a pensar que el propósito de la comunicación es sincero. Conociéndole como le conoce, deduce de sus palabras que le han diagnosticado una enfermedad grave, probablemente mortal.

Orlando Fiel extrae de nuevo el poema de su bolsillo interior y lo relee. Concluye que la carta no le deja otra salida. Sin perder tiempo, desata los cordones de la cortina, hace una soga con ellos y se cuelga de los anclajes de la instalación de aire acondicionado. Para que su gemelo no se le adelante.

Adolescencia

Desde su jubilación hace tres años, José Antonio Matalobos se daba todas las mañanas un paseo de más de cinco kilómetros. Desde su casa en la calle Marqués de Valladares iba andando hasta el barrio de Las Traviesas, leía el *ABC* en una cafetería de allí y regresaba también a pie.

Un sábado de septiembre, volviendo a casa, José Antonio Matalobos le reprochó a un adolescente de 17 años que hubiera doblado la esquina de la calle Gerona con Alfonso X a demasiada velocidad. Montado en una bicicleta de montaña, el adolescente realmente lo había esquivado en el último momento. Matalobos lo tildó de imprudente e infantil.

Cuando pudo frenar, a varios metros ya de distancia, el adolescente se bajó de la bici, la dejó apoyada en el suelo y regresó hasta la esquina. Puso su cara a un palmo de la de Matalobos y gritó con todas sus fuerzas:

—¡Viejo! ¡Paleto! ¡Cabrón!

Matalobos quedó estupefacto y, después, le pegó una bofetada tal que lo sentó en el suelo. El adolescente a José Antonio Matalobos, queremos decir.

Sentado en la acera, lo vio alejarse en su bicicleta. Matalobos se montó en el primer taxi que vio libre y volvió a casa. De lo sucedido, no dijo ni palabra a nadie de su familia. Seis meses después, el comentario más frecuente en el tanatorio era de asombro ante la velocidad con que el cáncer se podía llevar por delante a una persona de la salud y la juventud de José Antonio Matalobos.

Televisión

Tras cinco años de estudio en la Escuela de Arte Dramático de Madrid y diecisiete de dedicación más bien infructuosa al teatro y a pequeños papeles de cine, a Carlos Touza le llegó el éxito gracias a la Televisión de Galicia. En su currículum había representaciones de Beckett, Valle-Inclán, Arrabal y Sastre. También intervenciones en películas de Saura, Oliveira o Gonzalo Suárez. Nunca pensó que, con su orientación artística, fuera a pasar el cásting, pero la necesidad de dinero lo llevó a intentarlo.

Lo contrataron para un programa de sketchs en directo en donde representaba siempre un mismo personaje humorístico. Salía en pijama, sin afeitar, con una incipiente barriga apenas disimulada por una camiseta de asas. Con solo salir a escena, Carlos Touza originaba las carcajadas del público. Después comenzaba a hablar en gallego y las risas se multiplicaban. Hablaba con gheada. Decía «*Me cajo na ghripe*» o «*Un home é un home e un jato, un bicho*». También decía «*¡hostia!*» con la o muy abierta y «*¡Mi madriña!*». Su personaje era un aldeano embrutecido, un tonto-listo que, a pesar de sus zafiedades, conseguía salirse con la suya. Los guionistas aprovechaban el éxito y cada vez lo hacían parecer más voluntariamente paleto y, al tiempo, más espabilado. El público realmente disfrutaba con el espectáculo.

Durante los primeros meses Carlos Touza estaba contento. Realmente se transformaba en su personaje. Llegaba a casa orgulloso. Le decía a su mujer:

—¿Me has visto?

La gente lo empezó a reconocer por la calle. Le llama por el nombre de su personaje. Él, por seguir la gracia, les contesta en el idioma televisivo. La gente se muere de risa.

Después, le ofrecen un programa semanal con él como único protagonista. Carlos Touza accede y eso le obliga a grabar todos los días.

Ya no se puede afeitar para tener siempre el mismo aspecto. Por las mañanas, se ve en el espejo en pijama y camiseta y no nota la diferencia con su personaje. Cuando llega a casa después del trabajo, tiene que hacer un esfuerzo mental agotador para no gritar «*Cajo na virgen aquí no hay nadie*», como lo haría en el programa. Por las noches, sin embargo, sueña ya al modo del otro. Con su mujer apenas habla, porque sabe que en cualquier momento se le va a escapar una zafiedad. El éxito del programa es, mientras tanto, el mayor de la historia de la Televisión de Galicia. Los guionistas exageran ya a extremos grotescos la ordinariez del protagonista y los espectadores disfrutan enormemente con ello.

Carlos Touza sabe que está enloqueciendo, pero cuando se lo dice a sí mismo, estalla en su cabeza un «*Hostia, estás tolo, rapás*», que le deja en un estado de ansiedad insoportable. Como solución, ha dejado de hablar en casa. En sueños, en cambio, se apodera de él una verborrea que le despierta asustado y le deja insomne para toda la noche. Esos días llega al set de grabación y arranca carcajadas hasta a los cámaras. Luego vuelve con su mujer y se ducha dos o tres veces en la misma tarde. Carlos Touza huele, según él, mal. Huele al otro. Apenas puede disimular que a Begoña, su mujer, sólo le sale llamarle «*Beghoña*».

El programa de Carlos Touza duró dos meses en antena. El mismo tiempo que se pasó él después en el Hospital psiquiátrico de Conxo, internado por su mujer con autorización judicial. Hoy, Carlos Touza es una figura conocida en los bares de Santiago. Es alcohólico y cuando se emborracha, que es todos los días desde las once de la mañana, habla y se comporta como el personaje que, efímeramente, le dio la fama. Por otra parte, ha dejado de hacer gracia.

Granito

A Jaime Paz, un disco que salió despedido de una sierra le seccionó el brazo izquierdo un poco más arriba de la altura del codo. Los compañeros de la cantera de granito de Porriño, Pontevedra, donde trabaja, hicieron una colecta y le regalaron un garfio de acero inoxidable que se ata al hombro por medio de unas cinchas.

A los dos meses, Jaime Paz estaba de nuevo trabajando en la cantera. Tres años más tarde, un barreno explota antes de tiempo y le arranca de cuajo el brazo derecho, dejándole además media cara marcada por las quemaduras.

Seis meses después del accidente, se reúnen a cenar todos los compañeros de la cantera para celebrar que a Jaime Paz le han concedido la invalidez permanente. Antes de entrar al comedor, brindan con grandes voces por la suerte del compañero Jaime Paz, que ya nunca más tendrá que madrugar y, sin embargo, cobrará hasta que se muera la pensión máxima. Jaime Paz grita también, ríe y bebe por pajita.

Cenan chuletón de buey, poco hecho. Jaime Paz mastica a dos carrillos los trozos que le trinchan sus dos vecinos de mesa. Tras los aguardientes del postre, se van a Xanadú, una sala de fiestas de Porriño. Jaime Paz entra satisfecho con un puro ensartado en el garfio. En la discoteca, baila abaneándose hacia delante y hacia atrás.

A las cuatro de la mañana deciden continuar la celebración en una de las whiskerías de la carretera de Ponteareas. Allí, todas las chicas se niegan a subir con Jaime Paz. Su cara, el garfio y la ausencia de brazos les causan reparo. Los compañeros de Jaime Paz las amenazan y el dueño del local los expulsa a punta de pistola.

A las seis menos cuarto de la mañana, la whiskería se viene abajo por el efecto de doce barrenos industriales eficazmente colocados en los pilares del edificio. Mueren 8 personas.

Esa misma madrugada, Jaime Paz es puesto por la Guardia Civil a disposición judicial. El fiscal de guardia del juzgado número uno de Vigo le pregunta por el móvil del atentado. Jaime Paz contesta:

—Aquí, señoría, o follamos todos o la puta, al río.

Palabras

Sentado a la mesa de su despacho, el Ministro de Defensa sintió un súbito agarrotamiento de nervios en el pecho cuando su secretaria le entregó el dossier diario de prensa. En la primera página venía un resumen del cuestionario que, con motivo de la publicación de una nueva edición del *Diccionario de la Real Academia*, el suplemento literario de un periódico de tirada nacional llevó a cabo entre los políticos del país. El cuestionario sólo constaba de dos preguntas:

A) ¿Qué dos palabras le gustan más del castellano?

B) ¿Por qué?

El Ministro de Defensa recordaba vagamente la conversación telefónica mantenida con una periodista joven y de sensual voz grave. Recordaba que había sentido una cierta excitación cuando, con sus respuestas, la joven periodista se había reído. Colgó y pensó que se acordaría de esa voz si la volviera a escuchar. Pensó también que si para entonces a la voz le correspondía un bonito cuerpo joven, aquella gracia que había hecho le habría empezado a desbrozar el camino de una nueva aventura.

Esta mañana, sin embargo, el Ministro de Defensa sufre un agudo ataque de ansiedad cuando lee el resumen de prensa. El primero en contestar es el Presidente. Ha elegido «Generosidad» y «Palabra», dos eslóganes rotundos, presidenciales. La generosidad, explica en el cuestionario, debe ser el principio que rija la acción política; la generosidad del gobernante que se entrega totalmente a su obligación, pero también la de los ciudadanos con más posibles, que deben colaborar en la solución de los problemas de los más necesitados. La palabra —continúa— es la que he empeñado en la campaña electoral y que le debo a los ciudadanos.

El Presidente, según el Ministro de Defensa, ha estado bien: socialdemócrata y honrado. No otra cosa se esperaba de él. Lo malo es que los demás de la encuesta también han seguido un camino parecido. Todos han optado por aludir al significado de las palabras. El Jefe de la Oposición, por ejemplo, ese cabrón ha elegido «Confianza» y «Trabajo». Con un diez por ciento de paro que da la última encuesta de población activa, el tío va a hurgar en la llaga. ¿Qué más da que luego explique que el trabajo es lo que le inculcó su familia, que quien siembra después recoge? Todo el mundo va a pensar en lo laboral.

La Ministra de Cultura ha optado por «Sabiduría» y por «Belleza». El cerdo del vicepresidente económico se queda con «Bonanza» y «Progreso». Paco, el Ministro de Justicia, siempre comedido, escribe «Equidad» y «Perdón». La directora de la Biblioteca Nacional, la espontánea esa que se sacó de la manga el Presidente, se atreve con «Poesía» y «Verdad», hay que tener huevos. El Ministro de Industria, «Paz» y «Ciencia»; la de Sanidad, «Cuerpo» y «Vida»; la de agricultura y pesca, «Mar» y «Tierra». Y así todos. Ni uno se ha salido del guion. Sus explicaciones son tan esperables como las palabras que han elegido.

El ministro se pregunta cuándo empezarán a llegar los mensajes o a sonar los teléfonos. Todo sería distinto si no se hubiese hundido una fragata el otro día y no hubieran desaparecido 42 marineros en las aguas del Atlántico. O si en el Ministerio no hubieran intentado ocultar que la fragata no había pasado la última revisión. Ahora quién explica que el Ministro de Defensa del Reino de España no se dejó llevar por el significado de las palabras, sino que se dejó atraer por el significante. ¿Cómo dar a entender que incluso el Ministro actuó por patriotismo, que escogió precisamente esas palabras por la españolidad de su pronunciación? ¿Cómo contrarrestar la imagen de frivolidad que le va a costar el cargo? ¿Cómo borrar del suplemento literario del maldito periódico las dos horribles palabras resaltadas en negrita? ¿Cómo se le pudo ocurrir elegir «Chorizo» y «Calzoncillo»?

Cataratas

Tras quince años de ceguera, la señora Marcela Pazos accedió, con la promesa de ser llevada del hospital a casa el mismo día de la intervención, a operarse de cataratas. En la sala de espera de los quirófanos aguardan noticias del resultado sus tres hijos y su único nieto, Rafael Bello. Tiene trece años y desde que guarda memoria, ha sido el lazarillo de su abuela.

Por las tardes la acompaña a misa si hace malo y al parque, si hace bueno. Allí, sentados en un banco, le lee el *ABC*. A cambio, la abuela le hace en navidades y por su cumpleaños unos regalos espléndidos. Rafael, sin embargo, hace de destrón con agrado. No necesita regalos. Le gusta salir todas las tardes con su abuela. Es, según él, una señora elegante, educada y, sin duda, bella. Además, cuando canta en misa, demuestra una gran sensibilidad artística.

La señora Marcela Pazos sale por su propio pie del quirófano. Lleva los dos ojos vendados y pregunta por Rafael. Su nieto le da la mano y la guía por los pasillos del hospital hacia la salida. Su abuela lo ha llamado a él, no a sus padres o a alguno de sus tíos. Rafael lo siente como una victoria. Mientras camina por los corredores, su abuela le informa de que el día siguiente, por la tarde, ya no va a necesitarlo porque ya podrá quitarse las vendas a mediodía.

Al otro día, Rafael va de todas formas a casa de su abuela por si necesita algo. A las cinco de la tarde, como todos estos años pasados, llama al timbre. Sale ella misma a la puerta.

—¿Quién eres? —pregunta.

—Soy Rafael —responde él sonriendo y mostrando sus asquerosos dientes amarillentos, desiguales y mal encajados en una mandíbula prognática.

—¿Rafael? —duda ella. Se fija sin disimulo en esos ridículos ojos de batracio y no oculta una mueca de asco ante la visión de un resto de saliva que le ha quedado al niño en la comisura de los labios.

—¡Jesús, chico! ¿Pero a quién has salido tú, tan feo?

Rafael se da la vuelta y entra de nuevo en el ascensor. Sale a la calle y se pregunta, ahora que su abuela se comporta como sus compañeros de colegio, dónde podrá refugiarse por las tardes.

Balneario

Conduciendo de mañana por la Gran Vía, Santiago Antas decide sin motivo aparente seguir recto en lugar de girar a la derecha en el túnel de la Plaza de España. En vez de coger el ramal que lleva directamente al Hospital Xeral de Vigo, donde tendría que entrar a trabajar a las 8:30, Santiago Antas sigue bajando la Gran Vía y accede por la calle Lepanto a la autopista. Llama por el móvil a Oncología y da orden de anular todas las consultas del día.

Una hora más tarde, aparca delante del balneario termal de Cuntis, Pontevedra. Como ha sido una decisión improvisada, debe, además de comprar una entrada que le da derecho a utilizar las instalaciones durante todo el día, alquilar un albornoz, un gorro y unas chanclas. Se compra también un traje de baño.

Es lunes. El segundo de noviembre. A las diez de la mañana, el balneario de Cuntis está completamente vacío. Santiago Antas entra en la sauna húmeda y empieza a sudar. Piensa que, a esta hora, ya les habría comunicado al menos a dos pacientes que los análisis indican la presencia de marcadores tumorales y que conviene operar cuanto antes. Muchos de ellos se derrumban allí mismo.

Santiago Antas se acuesta en el banco de azulejo y se adormece unos momentos. Su cuerpo entero ha comenzado ya a trasudar a chorro. Cuando se levanta, tiene el pelo completamente mojado, como si hubiera salido de la ducha. Se da cuenta de que ya no va a poder volver a entrar en el Hospital.

Mira el reloj y comprueba que son las doce. Se agarra la muñeca para certificar que la presión sanguínea le ha bajado. A esta hora estará llamando su mujer para preguntar, desde su trabajo, cómo le va la mañana. Santiago Antas piensa en qué podría contestarle hoy. Siente un ligero mareo y vuelve a tumbarse.

Dos horas más tarde, nota que su frecuencia cardíaca es anormalmente rápida. Siente un primer impulso de acercarse a la puerta, pero lo domina. Recuerda que, seguramente, su piel presentará una turgencia deficiente, pero no quiere comprobarlo. Si se pellizcase, el pliegue de piel pellizcado regresaría lentamente a su posición. A Santiago Antas le repugna lo maquinalmente que responden los cuerpos a las descripciones sintomáticas de los libros de medicina. Resuelve entonces que sea el azar quien decida. Queda poco tiempo. Hasta es posible, piensa, que si alguien entrara este mediodía de lunes de noviembre en la sauna húmeda del Balneario de Cuntis y se diera cuenta de lo que está sucediendo, la deshidratación estuviera tan avanzada que ya no hubiera retorno posible.

Atentado

Sonsoles Cal se despierta, como todos los días, con Radio Nacional. Las noticias hablan confusamente de un posible atentado en Madrid. Sonsoles Cal, no despejada aún del todo, piensa qué estará haciendo a esta hora su hija. Enciende la luz. Según sus cálculos, su hija estará ya en la primera clase del día en la Facultad de Medicina. En Madrid.

Sonsoles Cal se viste mientras las noticias se van aclarando. Al parecer, el atentado se cometió una hora antes y están afectadas, además de Atocha, varias estaciones de metro del Madrid Sur. Sonsoles Cal se sienta de nuevo en el borde de la cama. Le tiemblan las piernas. Su hija, calcula, para llegar a la primera clase tendría que haberse subido al metro al menos una hora antes. Los tiempos coinciden, se dice. El lugar, también: Sonsoles Cal sabe que su hija cambia de línea de metro en la estación de Atocha.

Sonsoles Cal no sale de la habitación ni para desayunar. Escucha la radio con la mayor atención. Un reportero transmite en directo lo que va viendo. Ha contado al menos cinco cadáveres. Sonsoles Cal tiene la intuición de que uno de ellos puede ser su única hija. Llora.

A las diez y media de la mañana, el número de muertos alcanza ya los cincuenta. Por primera vez, la radio anuncia la existencia de un teléfono habilitado para dar información a los afectados. Sonsoles Cal llama. Pregunta por su hija, Adelaida Gómez Cal, pero no le dan noticias de ella.

A las doce de la mañana se sabe ya que han estallado al menos tres bombas en sendos trenes de cercanías. Hay otras tantas estaciones paralizadas y los muertos, según la radio, pueden contarse por cientos.

Sonsoles Cal llama de nuevo al teléfono de información a familiares y tampoco la atienden. Entonces pierde los nervios y grita a pleno pulmón. Tiene convulsiones, se da tirones de pelo y golpea repetidamente su cabeza contra la pared hasta hacerse sangre. Alarmados por el escándalo, entran los celadores, le ponen una inyección y le explican por enésima vez que ella ya no tiene ninguna hija, que la estranguló cuando tenía seis años en medio de un delirio paranoide y que por eso está aquí, a salvo de todo, en el hospital psiquiátrico del Rebullón, en Vigo, no en Madrid.

Cafetería

En la cafetería El caballo rojo de la calle Venezuela de Vigo, a dos mesas de distancia uno de otro, se sientan Domingo Mirás y Julio Gallego. El primero lleva un rato ya disfrutando del sol de la terraza y tomándose una cerveza. Julio Gallego llega más tarde y pide un café con leche. Domingo Mirás observa cómo Julio Gallego rasga el sobre del azúcar y lo echa parsimoniosamente en el café. Después, con la misma lentitud, extrae del bolsillo de su chaqueta un recorte de periódico y se pone a leerlo. Julio Gallego llora.

En un momento en que Julio Gallego levanta la cabeza y tropieza con la mirada de Domingo Mirás, éste levanta su jarra de cerveza y le hace un gesto de ánimo brindando hacia él y sonriendo. Domingo Mirás piensa que, sea cual sea el disgusto que tenga su vecino de mesa, no le debe dar gran importancia. Dentro de un tiempo, se acostumbrará a ese dolor y lo olvidará. Incluso podrá reírse de él y de la importancia que le concedió tomándose una cerveza.

Secándose las lágrimas, Julio Gallego se da cuenta de la mirada y el gesto de Domingo Mirás, quien vagamente le suena de ser cliente habitual de la cafetería. Pliega el periódico, se lo mete de nuevo en la chaqueta y piensa que no hay derecho a que le hagan una cosa así. No hay derecho a que tu hijo, conocido escritor independentista, publique una carta abierta en la prensa explicando por qué él, «por motivos políticos», desprecia a su padre y ha tenido que buscarse, más allá de la biología, otros progenitores intelectuales. Cuando ya los desconocidos, piensa Julio Gallego, se ríen de uno abiertamente y brindan por su humillación, no le quedan a uno muchas salidas.

Monos III

El Gran Circo Italiano llega a Vigo. Planta su carpa en la explanada de la playa de Samil y pega carteles por toda la ciudad para animar a la gente a acudir a la primera función. Llevan tres años de gira por Europa. Es un circo de prestigio y el lleno está asegurado.

Después de dos horas y media de trapecistas, payasos, equilibristas, domadores de fieras y contorsionistas, cuando los niños no pueden soportar ya más emociones, se apagan las luces y el redoble de tambor anuncia un número especial. La dirección del Gran Circo Italiano sabe que tiene éxito y lo deja para el final. Calla el tambor, hay un estallido y mientras suena una alegre fanfarria sale a la pista, en medio de una nube de humo, un enano que lleva agarrado de cada mano un chimpancé. Los tres van vestidos de futbolistas. En cada ciudad visten la camiseta del equipo local y el público se viene abajo. Aquí, en Vigo, sale el enano y suelta a los dos chimpancés, que se pasean por la arena dando volteretas y señalando hacia atrás con los puños cerrados y los pulgares extendidos el número y el nombre impreso en la camiseta del... Deportivo de La Coruña.

Los gritos del público, de sorpresa al principio, son ahora de odio e indignación. Consideran una afrenta que se venga a su ciudad a pasear en el uniforme del equipo rival y comienzan a insultarlos y a tirarles los botes de sus refrescos. Algunos padres arrancan las sillas y las arrojan también a la pista. El enano hace mutis corriendo, pero los chimpancés siguen su función tal y como han sido amaestrados. Ahora suben hacia las gradas para darles besos a los niños mientras los fotógrafos deberían hacer fotos que luego venderían a los padres. Los chimpancés se acercan a los niños, pero éstos les escupen, les arrancan mechones de pelo, les pegan puñetazos, les dan patadas y les hacen jirones las camisetas. Sin embargo, como todos los días, siguen subiendo por las gradas para besar al resto del público, de modo que todo el aforo tiene ocasión de descargar su odio. Cuando llega la policía, es ya tarde para los animales.

Beethoven

Salvador Suárez encuentra al abrir el buzón una nota de su vecino del piso de arriba en donde le informa de que su mujer se ha fugado con un alto funcionario de la Xunta de Galicia y que, por tanto, la partida de ajedrez que juegan semanalmente desde hace 17 años queda suspendida.

Al día siguiente, a la hora habitual del ajedrez, Salvador Suárez empieza a escuchar a su amigo y vecino tocar el piano. Las notas del *Claro de luna* traspasan la placa del suelo y suenan nítidas en el salón de abajo. Salvador Suárez recuerda haberle oído decir a su compañero de ajedrez que esa sonata de Beethoven era «la música más triste jamás compuesta». A Salvador Suárez, la elección le parece apropiada.

En cuanto acaba la pieza, el amigo y vecino de Salvador Suárez vuelve a comenzarla sin solución de continuidad. Una y otra vez durante el resto de la tarde y toda la madrugada. Salvador Suárez sólo deja de escuchar en su casa el *Claro de luna* durante un par de horas del segundo día. Su vecino, amigo y compañero de ajedrez, supone, se ha dormido. Al cabo de las dos horas, sin embargo, comienza de nuevo a tocar la misma partitura.

Salvador Suárez sube al piso de arriba y llama al timbre, pero su amigo no deja de tocar para abrirle. El mismo tiempo que lleva él sin dejar de tocar, lleva Salvador Suárez sin dormir. Conociendo desde hace 17 años como conoce la forma de jugar al ajedrez de su vecino y amigo, la situación no le tranquiliza ni lo más mínimo. Él ataca en tromba, un ataque solamente, decisivo, con todas las piezas. Con una vehemencia que ahora Salvador Suárez no duda en calificar de obsesiva.

Cuatro días más duró la situación. La noche del sexto día, a las tres de la mañana, el *Claro de luna* se interrumpe apenas son esbozadas las primeras notas. Golpea con furia las teclas, que emiten un acorde estridente, y la casa queda en silencio. En el piso de abajo, Salvador Suárez no sabe si mañana jugará al ajedrez con su vecino y amigo o si tendrá que testificar ante el juzgado de guardia.

Manifestación

Tal y como desde hace años él ha querido, a Juan Carlos Amigo, que dirige una gestoría en la calle Taboada Leal de Vigo, nadie, salvo su madre, lo tutea. Los empleados, sus dos amigos y sus vecinos lo aprecian y valoran su comedimiento y buena educación. Con el tiempo, han añadido al usted el don y cuando se lo encuentran, como ahora su vecina de rellano, le saludan ceremoniosamente:

—Buenas noches, don Juan Carlos, que le vaya bien.

Juan Carlos Amigo responde al saludo y sale de casa. Por primera vez en su vida, ha decidido acudir a una manifestación. Está indignado con el apoyo del gobierno español a la 2° guerra de Irak y se echa a la calle dispuesto a secundar la marcha que para hoy a las nueve ha convocado la Coordinadora Antibelicista Galega.

Son las nueve y media cuando Juan Carlos Amigo llega al final de la Gran Vía, en el cruce con la calle Urzaiz. La manifestación ya ha empezado y Juan Carlos Amigo se introduce con dificultades en la corriente de gente que baja hacia la calle Colón. Como la calle está en cuesta, puede observar que tanto hacia delante, como hacia atrás, no se ve ni un espacio libre de asfalto. A Juan Carlos Amigo, la aglomeración le intranquiliza, aunque sigue bajando paso a paso. Una vez que sobrepasa la calle Cervantes, comprueba que, al menos en 800 metros, no hay ninguna bocacalle por la que escapar de allí. Empieza a sudar frío. Las consignas rimadas de la multitud le parecen desagradabilísimas y siente que le falta espacio. Al final de los 800 metros, en la calle Colón, intenta acercarse a la acera para salirse por la calle Uruguay, pero no es capaz. La masa de gente es tan compacta que sólo a empujones podría salir de allí. Juan Carlos Amigo respira mal, le falta aire. Consigue acercarse con dificultad hasta el bordillo de la acera, pero nada más. Sigue bajando. De repente, tiene la certeza de que si no sale de allí, se va a desmayar. Hace aspavientos con las manos y grita:

—¡Fuera! ¡Fuera!

Para su sorpresa, la multitud empieza a corear ¡Fuera! ¡Fuera!, interpretando que es el gobierno quien se tiene que ir. Con toda la gente coreando su eslogan, Juan Carlos Amigo se desvanece y cae al lado de unos cubos de basura. Los ciudadanos que iban a su altura no se percataron de su desfallecimiento. Los siguientes, que lo ven tirado sobre unas botellas, interpretan que Juan Carlos Amigo está borracho y siguen de largo. Cuando vuelve en sí, Juan Carlos Amigo se refugia entre los contenedores y espera tres horas a que acabe de pasar toda la manifestación.

Prisión

Gonzalo Bueno cruza la puerta del Centro Penitenciario de A Lama por primera vez en 14 años. Le ha sido concedido el régimen abierto y coincide que el día en que sale de nuevo a la calle luce el sol en un cielo despejado. Gonzalo Bueno piensa que, en cierta medida, nace ahora por segunda vez.

Con ese pensamiento en la cabeza, espera el autobús de Pontevedra y cuando llega, sube a él. Mira por la ventanilla y fantasea. Si fuera un niño de nuevo, todo sería diferente. Se baja en Pontevedra y deambula por la ciudad sin rumbo fijo.

En el parque infantil de la Alameda se sienta en un banco y observa a los niños. Recuerda qué le llevó a él a dejar de ser niño. Después, se va a comprar un bocadillo y un refresco y regresa al mismo banco del parque a comer.

Cuando el parque se queda vacío, va paseando hasta el centro comercial de la estación de tren. Compra una entrada de cine para las cinco y media. Es una película de dibujos animados. Hace tiempo hasta que llega la hora y entra. Se coloca cerca de un grupo de niños. Más que mirar a la pantalla, contempla las reacciones de los niños, su inocencia. Gonzalo Bueno apenas puede reprimir las lágrimas.

Al salir, se dirige a la estación de autobuses y coge el de las siete y media en dirección A Lama. Antes de las ocho, está entrando en la prisión para seguir cumpliendo su condena por pederastia.

Condado

La I Fiesta de Exaltación del Vino del Condado que se celebra en Ponteareas, Pontevedra, es inaugurada por el Director General de Turismo de la administración autonómica. El Director General lee un discurso y lo remata proponiendo un brindis por toda la comarca del Condado. Después, se lleva la copa a la boca y moja los labios. El público aplaude. Mientras todavía duran los aplausos, el Director General se inclina sobre su compañero de partido, el presidente de la Diputación de Pontevedra y, disimulando, le dice a media voz:

—¡Hay que estar muy orgulloso de tu país para beberte este meo de burra!

El presidente de la Diputación de Pontevedra ríe a carcajadas y aplaude.

Todo ha sido fielmente grabado por la Televisión de Galicia y se reproduce en directo. Un tanto debilitadas por el ruido ambiente, pero claramente discernibles con la ayuda del movimiento de sus labios, las palabras del Director General han llegado a toda la Comunidad Autónoma.

Los móviles empiezan a sonar bajo la carpa de la fiesta. El primero de ellos, el del alcalde de Ponteareas. Poco a poco, el enfado del alcalde con el Director General se va transmitiendo al resto de las autoridades locales. El alcalde le pide explicaciones al Director General y éste finge no saber de qué le están hablando.

El Director General solicita que le llenen la copa de nuevo y dice a gritos que el vino es excelente. Añade a modo de chiste que, como él disfruta de coche oficial con chófer, puede beberse todo el vino que quiera. El alcalde da la orden de que abran las puertas y dejen entrar a todo el mundo. Fuera esperan los vecinos del pueblo, que llevan degustando el vino del Condado desde primeras horas de la mañana. De su actitud se puede deducir que se han enterado ya de las palabras del Director General.

El Director General tiene coche oficial con chófer, pero no escolta. El pueblo lo agarra, lo zarandea, lo lleva en volandas y lo atan a una de las cubas. Después, le obligan a beber, una tras otra, cinco botellas de vino hasta que la policía local logra contener la situación. Al día siguiente, después de salir del hospital, el Director General convoca una rueda de prensa para pedir disculpas públicamente al pueblo de Ponteareas por haberle faltado al respeto.

Embrutecimiento

En un proceso lentamente madurado a lo largo de los años, Félix Campos decidió comprobar, a principios de los noventa qué era necesario para vivir y qué, imprescindible. Convencido de que su malestar procedía de la civilización que le rodeaba, Félix Campos inició una depuración de su vida que le debería llevar, según él, simplemente a vivir.

Comenzó dejando de leer la prensa. El alivio que sintió fue inmediato. Renunció, por otra parte, al cine, la radio y la televisión. Con el tiempo, prescindió también de su mujer. Tras 24 años de matrimonio, no le costó trabajo alguno. El divorcio le obligó a abandonar la ciudad. En el reparto de los bienes conyugales, a su mujer le tocó el piso que poseían en la calle Camelias de Vigo y a él, la casa de veraneo en una aldea de Fornelos de Montes.

Para el traslado, sólo preparó una maleta con ropa de abrigo y tres libros. El resto de los 15 000 volúmenes de su biblioteca los vendió y le dio el dinero a su ex-mujer. A la aldea se lleva, según él, sólo los necesarios: las *Meditaciones* de Marco Aurelio, el *Oráculo Manual* de Gracián y los *Pensamientos* de Pascal.

Antes de abandonar Vigo, se acogió a la oferta que el Estado hizo a los funcionarios que hubieran cotizado durante treinta años y se jubiló. Con sus libros, su maleta y todo el día para no hacer nada, se fue a vivir a Fornelos. Félix Campos considera que la sociedad rural es la más oprimente que existe. La envidia, el prejuicio y la ignorancia que, según él, allí reinan, impidieron que Félix Campos se presentara a uno solo de sus vecinos. De este modo, la soledad, que era considerada por él como un requisito indispensable para conseguir sus propósitos, le vino dada de manera casi natural, como un condicionante exterior más que como una autoimposición.

Félix Campos se alimenta de los frutos de la finca. Castañas en invierno, fruta en verano. Su intención es «volver a ser tan solo un animal». Existir con la impasibilidad metafísica del animal es, según Félix Campos, el destino final de la vida que inauguró dejando de leer los periódicos. Tras cinco años de aislamiento en su casa de Fornelos, está a punto de conseguirlo. Lee durante un breve rato a Marco Aurelio o a Gracián y después vuelve a sus ejercicios de «animalización». Si hace bueno, se sienta en una silla en la finca. Si llueve, coloca la silla en el salón. Se esfuerza por ver, por escuchar, por no pensar.

Una mañana, en su casa de Fornelos de Montes luce el sol. Se sienta en el exterior y abre los *Pensamientos* de Pascal. Las letras le bailan y los renglones se difuminan. Hace meses que la presbicia apenas le permite leer, pero nunca como hasta ahora se lo había impedido totalmente. Decide que le da igual. Se sabe los libros de memoria. Después de un lustro leyendo lo mismo, piensa que está en condiciones también de prescindir de ellos.

Sin las horas de lecturas, la evolución de Félix Campos se acelera. Mientras se limitó a andar desnudo y a caminar hasta los extremos de la finca para mear allí y marcar el territorio, sus vecinos no hicieron nada. Sin embargo, en cuanto entró en el primer corral vecino y mató a dentelladas a todas las gallinas, Félix Campos fue denunciado a la Guardia Civil. El juez de primera instancia de Redondela acaba de decretar su ingreso inmediato en el hospital psiquiátrico del Rebullón, en Vigo.

Estudios nocturnos

En el municipio pontevedrés de Arcade, Soledad Freire trabaja cuidando a una anciana de 91 años. La señora está sola. Sus dos hijos trabajan, uno en Barcelona; el otro, en Ginebra. Soledad Freire duerme todos los días del año en la casa de la anciana. Su empleo consiste en acompañarla hasta el mediodía. Desde la hora de comer hasta las diez, tiene libre, aunque debe estar pendiente del móvil por si la anciana llama. A Soledad Freire le conviene el trabajo. No paga casa. Gana poco, pero dispone de tiempo libre para estudiar por las tardes en un centro de enseñanzas técnicas para adultos de Vigo. Gracias al trabajo, puede mantener el coche que le permite viajar todos los días de Arcade a Vigo.

A Soledad Freire le quedan dos meses para concluir sus estudios de técnico superior en Peluquería y Estética. Con el título en la mano, podrá dejar de aguantar a la que ella llama «la vieja». Siendo técnico superior en Peluquería y Estética, Soledad Freire se ve fuera de Arcade y con una habitación independiente para ella sola en una ciudad grande. Sólo le restan dos meses de sacrificio, se dice mientras conduce de noche desde Vigo a Arcade. Entra en casa y huele a vieja. Se resigna.

Una tarde, quince días antes de los exámenes finales, la clase en donde estudia Soledad Freire es interrumpida por el director del Centro. Llama a la puerta, asoma la cabeza y le pregunta a Soledad Freire si puede acompañarla un momento a su despacho. Allí espera un inspector de policía.

—Hace mes y medio que está muerta —le dice el inspector.

—Lo sé, pero yo no la maté —contesta Soledad Freire.

Regreso

Cumplido el contrato de trabajo que durante los últimos tres meses le obligó a trasladarse a La Coruña, Miguel Hermo recoge sus cosas del apartamento del barrio de Los Castros donde vivió este tiempo y las mete en el asiento trasero de su coche. En el maletero va su perro. Arranca y se dirige a la autopista de Vigo, en donde tiene su domicilio habitual. Es de noche ya.

Con las largas puestas y bajo las escasas luces de la autopista, a Miguel Hermo conducir hoy de noche le produce una sensación de aventura que casi tenía olvidada. Sabe que está en Guísamo, pero le parece que en el trayecto hasta Vigo puede pasar cualquier cosa. La carretera es la misma, pero él no. Como si él hubiera cambiado de dimensión, y el hecho de conducir de noche dejara de ser una actividad habitual para convertirse en un episodio único y trascendente. Es consciente de que, dada su condición de médico sustituto, su única aventura es averiguar dónde será el próximo destino que le adjudique la administración. Pero hoy, con los bultos y el perro detrás, el viaje adquiere otra tonalidad.

Es una sensación que tenía de joven, cuando iba con su familia al Algarve y viajaban de noche. También en la universidad, cuando recorría Europa en trenes nocturnos durante el verano, había sentido lo mismo. Por eso ahora a Miguel Hermo le sorprende sentir la misma emoción que entonces. En aquel tiempo, piensa, era comprensible; ahora ya no.

Al pasar bajo la indicación de la salida de Órdenes, a Miguel Hermo lo experimentado en el trayecto le pareció ridículo. Si antes «saltaba viajando de noche a otro dominio emocional» era porque, en efecto, podría suceder algo así. Tenía por delante todos los futuros del mundo. Ahora, tal y como han transcurrido las cosas, piensa Miguel Hermo, ya no cabe esa variedad de posibilidades. La indicación a Órdenes lo deja bien claro. La de Santiago, lo mismo. El itinerario hasta su casa en Vigo no es más que otro regreso, piensa Santiago Hermo. En este momento, las luces de la Capital hacen desaparecer ya del todo cualquier resto del sentimiento con que salió de La Coruña

En la desviación de Villagarcía de Arosa se pregunta adónde le conduce realmente ese regreso. De la inicial sensación de aventura, pasa a preguntarse no «adónde» regresa, sino por qué «regresa» a Vigo.

Bajo el cartel de Marín se da cuenta de que no tiene respuesta, aunque tras el peaje, en el trayecto mal iluminado de la autopista cuando pasa por Vilaboa, Miguel Hermo vuelve a sentir inexplicablemente que entra en esa dimensión aventurera de cuando era joven y viajaba en tren por la noche de Europa. Cuando desciende hacia el puente de Rande, tiene taquicardia. Ve la señal de reducir a 80 y él lo hace a 40. Llega a la mitad del puente y detiene el coche. Baja, deja la puerta abierta, se sube al pretil del puente y salta al vacío. Su perro no duda un instante en seguirlo.

Parque de atracciones

El Ministro de Industria, Transporte y Turismo inaugura el nuevo parque de atracciones construido en la Costa Blanca. Delante de las cámaras de televisión y de los periodistas corta la cinta de acceso al parque y toda la comitiva, con el Ministro a la cabeza, empieza a recorrer las instalaciones, que están ya en funcionamiento.

El Ministro se para delante de lo que él confunde con una versión modernizada de las antiguas barcas-columpio de su niñez. En un golpe de audacia, comunica a los periodistas que va a probar esta atracción. Como picados por un alfiler, el Secretario de Estado y la Jefa de Prensa del ministerio también se apuntan.

El Ministro comprende su error cuando se sienta y un brazo mecánico rematado en un tope de espuma le presiona el estómago y lo atenaza contra el respaldo. Debido a la postura, los pantalones se le han subido y por encima de los ejecutivos dejan ver unas piernas pálidas y peludas. Al Ministro le cuesta trabajo mantener la jovialidad.

Cuando suena la sirena, el artefacto comienza a moverse lentamente hacia delante. Contra lo que espera el Ministro, la plataforma no llega a un punto máximo de altura desde el que columpiarse hacia atrás como ocurría en las barcas de su infancia, sino que sigue avanzando hacia arriba cada vez más rápido, sin detener su recorrido hasta completar una vuelta por entero. Hasta cinco de ellas seguidas dio el Ministro sin que el aparato dejara de incrementar su velocidad. A la sexta, se detuvo, pero en lo más alto, dejando cabeza abajo al Ministro y sus acompañantes durante tres minutos que se les hicieron eternos. La Jefa de Prensa, con las bragas al aire porque la falda la tenía en la cintura, no dejó de gritar en todo el tiempo. El Secretario, como el Ministro, palidecían hasta lo cadavérico.

—Sonríe —decía el Ministro— que las cámaras tienen zoom.

Después sonó una sirena y el aparato empezó a girar en la dirección contraria. Otras cinco vueltas, nueva parada de tres minutos boca abajo y regreso al punto de partida.

El Ministro, que apenas podía sostenerse en pie, se dirigió, con una mueca que prentendía ser una sonrisa, hacia los periodistas.

—¿Qué tal, Ministro? –le preguntó una reportera de televisión.

El Ministro, entonces, vomitó delante de las cámaras y se tuvo que sentar en el suelo, donde permaneció entre vómitos y sudores fríos más de veinte minutos.

Se dice que el Ministro es una persona vanidosa, con un alto concepto de sí mismo y que no pudo soportar verse abrir los telediarios de medio mundo ni ocupar las viñetas satíricas de todos los periódicos nacionales. No se sabe si fue el orgullo lo que le llevó a la dimisión, porque adujo, al presentársela al Presidente del Gobierno, «razones personales», pero el hecho es que el Ministro ha dimitido de todos sus cargos y ha desaparecido de la vida pública.

Orientalismo

Dentro de los actos programados para celebrar el año jacobeo de 2004, el Ayuntamiento de Santiago de Compostela contrató a una cofradía sufí de derviches giróvagos para que llevase a cabo una de sus ceremonias religiosas en la plaza del Obradoiro la noche del 2 de julio.

Entre el público está desde el principio Félix Turnes, estudiante de cuarto de Filosofía interesado en las religiones orientales. Según Félix Turnes, el peso de la conciencia en Europa es abrumador. Cada uno de nosotros tiene que soportarse a todas horas y por la eternidad entera. Sólo el sueño proporciona un cierto alivio en esa prisión individual que nos constriñe. Los orientales, cree Félix Turnes, han entendido mejor la necesidad de liberarnos de nosotros mismos y por eso han establecido vías de escape que nosotros, los occidentales, no comprendemos.

Félix Turnes observa con atención a los derviches danzantes para llevar a la práctica luego él mismo su rito. La música ya la tiene desde hace tiempo. La túnica negra y el traje blanco son prescindibles, según Turnes. Antes de empezar a girar, los derviches se quitan la túnica negra, que representa lo material, lo terreno, y quedan vestidos de blanco, el color de lo espiritual y celestial. Puro simbolismo prescindible para Félix Turnes. Cuando al día siguiente él empieza a girar lo hace en vaqueros y camiseta. Lo importante no es la vestimenta, sino la técnica giratoria. Turnes gira como se lo ha visto hacer a los derviches en el Obradoiro: primero despacio, luego un poco más rápido, siempre en el sentido contrario a las agujas del reloj y apoyado sobre el pie izquierdo.

Gira Turnes.

Gira con la mano derecha extendida hacia el cielo para recibir la bendición de Dios y la izquierda hacia el suelo para repartirla por el mundo. Gira Turnes acordándose de la cara de trance que se le iba poniendo a los derviches tras media hora de danza. Giro a giro Turnes podía sentir en el Obradoiro que los derviches se liberaban de su ego, que salían de sí mismos para religarse con el universo. No puede imaginar mayor felicidad. Gira ahora también Turnes. Lleva quince minutos girando sobre su pie izquierdo. Espera esa disolución liberadora que ya nota por momentos. Flota Turnes ya sin ser él, con la misma mueca de los derviches en la cara, feliz durante unos segundos antes de chocar contra el suelo tras una caída libre de seis pisos, los que separan la acera de su terraza, donde intentaba explorar los secretos de la mística sufí que había visto la noche anterior en la Plaza del Obradoiro.

Carnaval

Se lo pasó bien Ricardo Calo la noche del martes de carnaval. Llevaba muchos años sin disfrazarse, pero este se animó. Adaptó una colcha negra a modo de hábito de monje, consiguió una pieza de raso negro para tapar la cara y en un bazar chino encontró unas gafas que, en la posición de los ojos, tenían dos luces rojas. En una ferretería compró una guadaña y completó su disfraz.

Disfrazado de la Muerte salió Ricardo Calo la madrugada del martes de carnaval a recorrer los bares de copas de Vigo. Sin más acompañantes, sin necesidad de pedir permiso, los porteros de los locales le franqueaban la entrada nada más lo veían acercarse con su atuendo imponente. En cuanto veían aquella guadaña de verdad, la gente abría un pasillo para que Ricardo Calo se acercara a la barra. Allí se tomaba un gin tónic sin levantar lo más mínimo su careta de raso.

A partir del cuarto local y por tanto la cuarta copa, Ricardo Calo pasa a la acción. En lugar de dejar que los otros contemplen a distancia la Muerte, es ella quien se va acercando a los diferentes corrillos de disfraces. Empieza por un grupo de tres veinteañeras, disfrazadas de enfermeras:

—A ti —le dice a una de ellas hablándole al oído— te espero dentro de tres años: accidente de tráfico.

La cara de espanto de la enfermera le divierte.

En el siguiente bar, a un conejo, sin llegar a saber si era hombre o mujer:

—Nos vemos en poco tiempo, amigo. Vas a morir de lo mismo que tu padre.

A una mujer ya madura que encontró por la calle le profetizó un cáncer de mama. Al camarero que le sirvió la quinta copa lo citó en el cementerio para dentro de siete meses. En el siguiente pub le puso la guadaña al cuello a una mujer embarazada y le anunció un aborto para las próximas semanas. Con voz de ultratumba le dijo a uno disfrazado de obrero que se fuera a casa, que a su madre la habían llevado a urgencias.

A las siete de la mañana, Ricardo Calo vuelve tambaleante a casa. Va arrastrando la guadaña por el suelo y produce un ruido desagradable. Entra en el ascensor y le da al botón del 12. Sube y Ricardo Calo se encuentra en el espejo una figura de negro con ojos inyectados en sangre. Levanta la guadaña y pregunta en alto:

—Y tú qué, tú cuándo.

Ahora, se oye responder. Y Ricardo Calo, de 44 años, casado, director de banca, con la hipoteca de su piso ya pagada y una hija en la universidad, se seccionó la yugular con la guadaña.

Paleto, machista, cabrón

Judas Colmeiro leía atentamente la prensa al día siguiente de que su hermana, Elena Colmeiro, jurara ante el rey el cargo de Ministra de Asuntos Sociales. Un sentimiento de orgullo y plenitud le hizo saltar las lágrimas cuando leyó la semblanza que *El País* hacía de su hermana. Le dedicaba toda una plana, fotografía incluida. Entre otras cosas, destacaba *El País* su modesto origen. Allí se decía que desde la agrupación local del partido en Sarria (Lugo), donde seguía viviendo su familia, había sabido ir construyendo una carrera política que, con total unanimidad, había sido calificada de brillante. Se destacaba su condición de universitaria, su militancia sindical y su infatigable activismo feminista. Había presidido la Comisión de Igualdad del Congreso de los Diputados y había escrito un libro titulado *Nosotras,* que era considerado la biblia del nuevo feminismo. Se le calificaba de «capaz, audaz y tenaz» y se le auguraba una labor ministerial activa y transformadora. La carrera de Elena Colmeiro, concluía *El País,* empezaba en el Ministerio de Asuntos Sociales. Su porvenir político, decían, es luminoso.

Judas Colmeiro se sonó, pidió otro carajillo, mojó el dedo índice en la lengua y pasó de página. Leyó atentamente los deportes y la programación de la televisión. Al acabar, volvió atrás, buscó los resultados de las loterías del Estado y extrajo de su cartera el boleto semanal de lotería primitiva. Comprobó la combinación y verificó, incrédulo, que había acertado cinco más el complementario. Prácticamente, 35 000 euros.

En ese momento, Judas Colmeiro pensó dos cosas:

Que, de toda la infinitud de la creación, ese era el día que el Señor tenía reservado para favorecer a su familia.

Que el premio se lo gastaría en putas.

Pidió un bolígrafo y echó cuentas. Visitando el burdel tres veces por semana, a 50 euros por visita, podría estirar la suma 233 semanas; es decir, 58 meses; es decir, cuatro años y ocho meses pudiendo ir de putas viernes, sábado y domingo.

—¿Qué os parece, eh? Viernes, sábado y domingo —dijo entre gritos a la parroquia del bar.

***

Catorce meses después de que le hubiera tocado la lotería, Judas Colmeiro despierta en una habitación del Sanatorio Nuestra Señora de los Ojos Grandes. A los pies de la cama, su hermana observa cómo emerge de la anestesia.

—¿Dónde estoy? —pregunta Judas Colmeiro.

—En Lugo —contesta su hermana—. En un hospital.

—¿Qué ha pasado? —dice

—Te hemos tenido que operar —contesta fríamente Elena Colmeiro.

Lo último que recuerda Judas es que era viernes y que estuvo jugando a las cartas con los amigos por la noche. A la una se despidió de ellos:

—Me voy a lo mío. ¿Alguien se apunta?

En la whiskería, recuerda Judas, habían traído a una nueva, una rubia musculada, con aspecto de vigilante de campo de concentración. Judas se la llevó arriba y pidió champán. Después ya no recuerda nada. Hace memoria en alto y su hermana no puede evitar una mueca de asco y de desprecio.

—Por eso estás aquí, Judas. Por putero —le grita tirándole el bolso a la cara.

—¿Pero qué me ha pasado? —insiste Judas Colmeiro.

—Tenía varias posibilidades: A) contratar a una puta sidosa y que te contagiara, pero el sida no mata ya a nadie. B) Detenerte, pero eres tan tonto que ni delitos cometes. C) Mandar pegarte un tiro y que aparecieras en una cuneta, pero era demasiado escandaloso. Así que he encontrado una solución mejor.

—Me estás asustando, Elenita, ¿qué me han hecho?

—Ya no volverás a comprometerme. Y además no se lo dirás a nadie. Te conozco lo suficiente para saber que no le dirás a nadie que te han capado. A mí no me vuela la carrera ni Dios y menos un putero como tú. A ver qué vas a hacer a hora con tus fulanas, paleto, machista, cabrón.

Celebración

Para celebrar su reciente ascenso a Director General de la Caja de Ahorros de Vigo, Generoso Roldán cena con su mujer y unos amigos en el restaurante Los sauces, de Nigrán. Piden algo de marisco y carnes a la brasa. Descorchan botellas de vino de 200 euros. Generoso Roldán bebe y come en exceso. Antes de acostarse, su mujer y él dan un paseo por la playa para ayudar a digerir la cena. Después, entran por el jardín directamente de la playa a su chalet.

El nuevo Director General de la Caja de Ahorros de Vigo se acuesta en su habitación. Su mujer lo hace en la suya propia. A Generoso Roldán le cuesta quedarse dormido. Cuando por fin cae, son las cuatro de la mañana. Sueña.

En la pesadilla, *La Voz de Galicia* destaca en primera plana y a cuatro columnas un fraude contable del que el recién nombrado Director General es responsable. La Caja es intervenida por el Banco de España y la justicia dicta una orden de búsqueda y captura del presunto responsable. Generoso Roldán «sabe» en su sueño que se tiene que suicidar. Su estrategia delictiva para dirigir la Caja ha sido descubierta. No le queda otra salida que el suicidio si no quiere acabar en la cárcel.

Generoso Roldán echa mano de la primera cuerda que encuentra. Es lo suficientemente resistente como para aguantar sus 92 kilos, pero demasiado larga. Como no tiene nada con qué cortarla, intenta hacerlo con los dientes. Despierta en el momento en que casi ha roído totalmente el plástico del cable, instantes antes de que llegue a los conductores de cobre de la lámpara de la mesilla de noche; consciente, pues, ahora que se inicia la descarga, de que su muerte por electrocutación es inevitable y, sobre todo, ridícula.